KB252360

제주를 바치는 여인들

제주를 바치는 여인들
Choephoroi

아이스킬로스 지음 ― 최 영 옮김

도서출판 동인

델피시리즈를 내며

　고전 르네상스 영문학회에서는 그리스 및 로마 드라마와 르네상스 시대의 영국 드라마의 중요한 작품들을 번역하는 작업에 대한 논의가 오랫동안 있었다. 이 계획의 구체적 결과물이 델피시리즈이다.

　이 시리즈의 우선 목적은 그리스와 로마의 대표적인 드라마와 르네상스 시대의 영문학 고전을 접함으로써 우리의 삶이 더욱 풍요로워질 수 있는 독특한 문학의 가치를 학생들 스스로 탐색할 수 있도록 하기 위함이다. 다른 번역서와 차별화된 델피시리즈의 특징은 본문의 번역 이외에 작품의 내용을 다양화하여 일반 독자뿐 아니라 학생들을 위한 학습용이면서 동시에 고전 문명과 드라마, 그리고 연극에 관심 있는 학생들을 위한 안내서라는 점이다.

　델피시리즈가 시도하는 그리스와 로마 드라마의 번역에는 한계와 문제점이 있음을 인정한다. 여기 참여하는 번역진은 모두 영문학자들이다. 그렇기 때문에 번역은 원어인 그리스어나 라틴어가 아닌 영어를 우리말로 옮긴, 말하자면 중역이기 때문에 원문이 지닌 의미를 놓치는 부분이 상당 부분 있으리라 생각된다. 그러나 번역진은 다양한 영어 번역서를 참고하여 그 한계를 최대 한도로 좁히고자 노력하였다.

학생들과 일반 독자들에게 접근이 그리 쉽지 않은 고전 작품의 독서를 통하여 고전을 이해하고, 문학의 텍스트를 파악하여 작품이 주는 흥미와 즐거움을 델피시리즈를 통하여 많은 분들이 체험할 수 있기를 기대한다.

고전 르네상스 영문학회 델피시리즈 기획위원장

고려대학교 교수 송 옥

역자의 말

그리스 비극 작품을 번역하는 과정에서 역자가 부딪친 가장 큰 애로점의 하나는 어떤 영역본이 원전에 가장 가까운 것인가를 알 수 없다는 그 원천적인 무력감이었다. 여러 평자들이 추천하는 리치먼드 래티모어(Richmond Lattimore)의 번역은 운문 형식이어서 극중 내용을 정확히 가늠하기가 어렵고 또 그 운문을 우리말로 살려 내는 것은 더욱 어려워서 선택할 수가 없었다.

역자의 수준에서 가능한 작업은 원본에 가장 가까운 산문으로 된 번역본을 찾아서 그것을 산문으로 번역하는 일이었다. 산문의 경우 원전이 지니고 있는 특징들과 극적 효과를 전달하기는 어렵지만 그 대신 극의 내용을 이해하는데는 도움이 된다고 생각한다. 따라서 내용의 보다 정확한 전달에 더 큰 비중을 두었기 때문에 산문으로 된 번역본을 선택하여 직역을 하는데 치중했다. 작가가 사용하는 비유들이 직역을 통해서만이 어느 정도 전달될 수 있다고 믿기 때문이다.

산문으로 된 여러 번역본 가운데 역자가 선택한 것은 1926년 출판된 허버트 W. 스미스(Herbert Weir Smyth)의 번역본이고 역자가 참고

한 한글 번역본은 그리스 원전을 직역한 천병희 교수의 번역본이다. 천 교수의 번역본과 스미스의 영역본을 비교해 보면 여러 곳에서 다른 내용이 나오곤 한다. 이를테면 코로스 부분에서 스미스의 번역본은 오레스테스의 대사로 된 것이 천 교수의 경우에는 엘렉트라의 대사가 되고, 코로스의 내용과 상황묘사, 감정 표현에 있어서도 차이가 나는 부분이 있다. 그러나 전체적으로는 거의 같았다.

따라서 스미스의 영역 본을 번역하면서 의미를 잘 모르는 부분이나 표현이 어려운 부분에서는 천 교수의 번역본을 참고로 했다. 그러나 두 번역본이 차이가 나는 경우에는 일관되게 스미스 번역본을 따랐다.

그리스 인명, 지명을 표기하는데 있어서는 라틴어식 표기와 그리스어 식 표기를 섞어서 사용했다. 영어번역본은 거의 모두가 라틴어식 표기를 하고 있지만, 가급적이면 그리스어 식 표기를 따르려고 했으며 그 한가지 예가 코러스를 코로스로 표기한 것이다. 그리고 작품 해설과 작가 소개, 에피소드 별 요약 및 해설, 작품이해를 위한 질문 등을 준비하는 과정에서는 인터넷 검색 자료를 대부분 활용했다.

이 번역 작업을 하는 과정에서 자료를 검색하고 교정을 도와준 이화여대 영문과 박사 과정 수료인 김나영, 유민혜, 양윤미씨에게 고마움을 표한다.

싣는 순서

작가 소개

아이스킬로스(Aeschylus)는 기원전 525년 또는 524년, 아테네의 서북쪽에 위치한 작은 마을 엘레우시스(Eleusis)에서 에우포리온(Euphorion)의 아들로 태어났다. 그의 집안은 신관 직을 맡았던 귀족 가문으로 알려졌으며, 아이스킬러스에게는 마라톤(Marathon) 전투에서 사망한 키네게이로스(Kynegeiros)라는 형이 있었다는 사실 외에 그 밖의 가족들에 대해서는 알려진 것이 없다. 그의 생애 동안 아이스킬러스는 마라톤전투와 아르테마시움(Artemisium) 전투, 그리고 살라미스(Salamis)해전과 플라타이아(Plataea) 전투에도 참여했다.

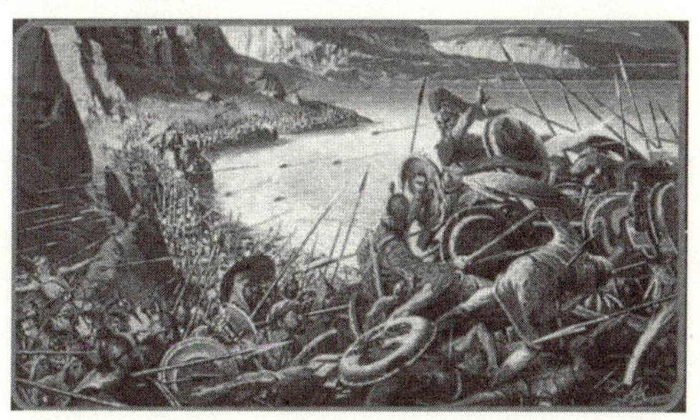

Zvezda from Russia, No.Art.—8203, Name—Game "Battle of Marathon"
http://www.club-tm.ru:8002/cgi/LsDetailEn.cgi?3118

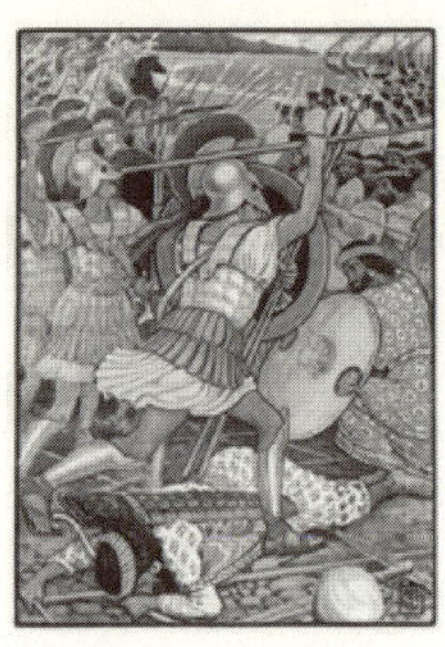

the battle of Marathon by Walter Crane
http://www.nature.com/news/2004/040719/pf/040719_1pf.html

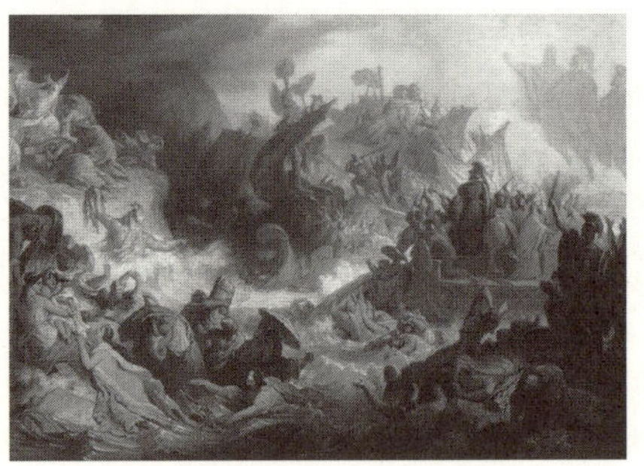

The Battle of Salamis
http://salamina.8k.com/Battle.htm

아이스킬로스는 기원 전 499년 아테네의 대표적 연극 경연 대회인 디오니소스 축제(City Dionysia)에 처음으로 참가하면서 비극작품을 쓰기 시작했으나 아테네가 전쟁에 휘말리면서 극작활동에는 오랜 공백기가 오게 된다.

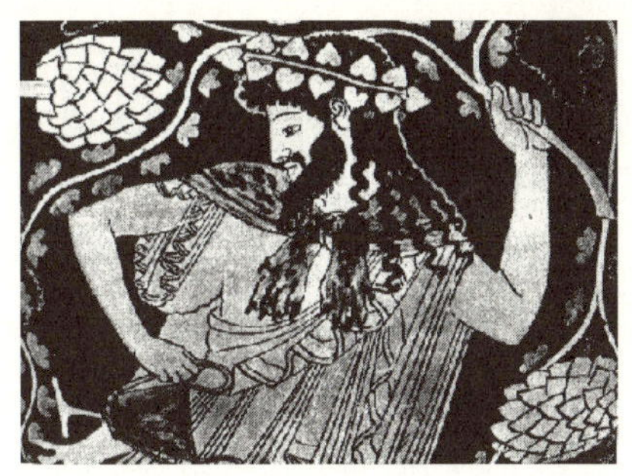

Dionysus
http://www.ripon.edu/Academics/Theatre/THE231/SteigerB/Atreus/dionysia.htm

　　살라미스 전투가 끝난 후 아이스킬러스는 핀다르(Pindar)의 친구인 시라큐스의 참주 히에론(Hieron of Syracuse)의 초청으로 시실리를 방문하여, 히에론이 의뢰한 축제극인 『에트나의 여인들』(*The Women of Etna*)를 공연했다. 그가 비극경연대회에서 처음으로 우승한 것은 기원 전 484년, 그의 나이 40세 되던 해였다. 그리고 그 후 12회 더 우승을 하게 된다. 기원 전 468년 경연대회에서는 후배 극작가인 소포클레스에게 패하기도 하지만, 그 다음 해 『테바이를 공격한 7인』(*The Seven against Thebes*)를 포함한 3부작으로 우승하게 된다. 그리고 기원전 458년에는 68세의 나이에 그의 대표작인 『오레스테이아』 3부작—『아가멤논』, 『제주를 따르는 여인들』, 『에우메니데스』—으로 13회째이자 마지막으로 우승을 했다.

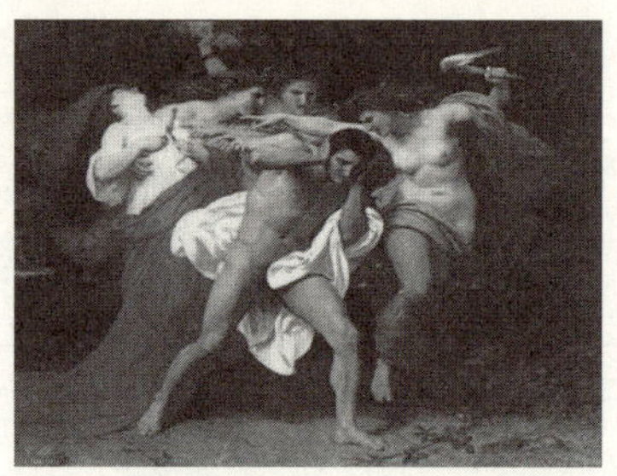

Orestes Pursued by the Furies (1862)
Adolphe-William Bouguereau (1825-1905)
Chrysler Museum of Art, Norfolk, Virginia

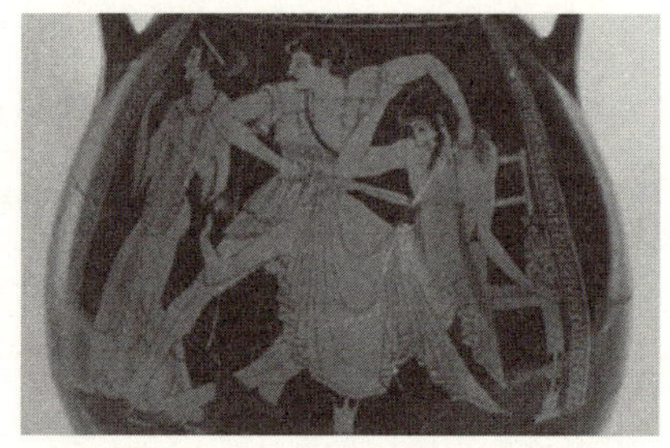

Greek attic red pot
Orestes Slaying Aegisthus. ca. 515 BC.
http://home.triad.rr.com/warfford/ancient/classic.html

아이스킬로스의 비극은 페르시아와의 오랜 전쟁을 승리로 끝맺고
서 그리스의 문화와 예술의 중심지로 부상하던 아테네의 융성기와 맞
물리면서 더욱 빛을 보게 된다. 아이스킬로스는 아테네의 격동기에 전
투에 직접 참여하고 승리를 경험함으로써, 아테네 시민으로서의 자긍
심과 애국심을 비극 작품에 깊히 투영시킨다. 그의 묘비명에서 언급된
마라톤 전투의 경험은 아이스킬러스가 조국을 수호하기 위한 이 위대

한 전쟁에 참가한 것을 얼마나 영광으로 생각했는가를 잘 말해주고 있다.

> 이 묘비 아래 에우포리온의 아들, 아테네 사람, 아이스킬로스가
> 누워있나니, 겔라의 풍성한 들판에서 숨을 거두었도다.
> 마라톤의 숲은 그 승리와 더불어 전투에서의 그의 용맹함을 말해 줄
> 수 있으리.
> 긴 머리의 페르시아인들도 이를 기억하고 또한 말해줄 수 있으리라.

최초의 본격적인 비극작가인 아이스킬로스는 새로운 기법을 사용해서 당시 한명의 배우와 코로스로 구성되어서 주로 춤과 노래에 의존하던 연극을 대사 중심의 연극으로 발전시켰다. 그는 코로스의 수를 50명에서 12명으로 줄이고, 제 2의 배우를 도입해서, 대화의 비중을 높였다. 또한 두 명의 배우들이 각기 프로타고니스트와 안타고니스트의 역을 맡아서 극적 갈등을 표출할 수 있게 했을 뿐만 아니라, 배우들이 마스크를 바꾸어 가면서 여러 인물들을 표현할 수 있게 했다.

아이스킬로스는 『오레스테이아』 3부작에서 보듯이 통일된 주제를 다루는 3부작을 만들어내었을 뿐만 아니라, 웅장한 시적 용어들과 화려한 스펙타클과 무대의상, 다양한 무대 장치들을 통해서 그리스 비극에 새로운 가능성과 유연성을 불어넣었다. 그는 열렬한 애국주의자였고 아테네 민주주의의 굳건한 신봉자였으며 또한 종교적 사상가였다. 그는 신들의 최후의 정의를 믿고, 인간의 정의가 결국은 신의 정의와

일치한다는 주제를 비극에서 다루었다.

정확한 숫자는 알 수 없지만 아이스킬로스는 생전에 모두 90여 편의 작품을 썼던 것으로 알려졌다. 이 가운데 단지 7편의 작품—『탄원하는 여인들』(*The Suppliants*), 『페르시아인들』(*The Persians*), 『테바이를 공격하는 7인』(*The Seven against Thebes*), 『결박된 프로메테우스』(*Prometheus Bound*), 『아가멤논』(*Agamemnon*), 『제주를 바치는 여인들』(*The Libation Bearers*), 『에우메니데스』(*The Eumenides*)—만이 오늘날까지 알려져 있다.

아이스킬로스가 시실리로 떠난 것은 그가 마라톤 전투의 희생자들을 위한 추모문을 쓰는데 있어서 당대의 위대한 서정시인인 시모니데스(Simonides)에게 패했기 때문이라거나, 드라마 경연대회에서 소포클레스에게 졌기 때문이라던가, 또는 아테네의 정치적 상황에 환멸을 느껴서라는 설들이 있다. 그러나 아이스킬로스가 소포클레스에게 패배한 것은 사실이지만 그 시기가 그가 시실리로 간 시기와는 맞지 않는다. 소포클레스에게 패배 당한 후 아이스킬로스는 아테네에 남아서 그 다음해에 『테바이를 공격하는 7인』을 포함한 3부작으로 우승하게 된다. 다만 그가 왜 시실리로 갔는가를 알기 위해서는 시실리가 그 당시로는 아메리카 대륙과 같이 새로운 그리스를 상징했기 때문이다. 자신들만의 예술가가 있지만 낡은 그리스와는 달리 시실리는 완벽한 문화 전통이 없는 새롭고, 풍요롭고, 자유로운 곳이었다. 그리고 이곳은 영국의 많은 작가들, 이를테면, 디킨스(Dickens), 새커리(Thackeray), 와일드(Wilde)를 매료시켰던 미국처럼, 당대의 위대한 그리스 시인, 극작가들인 핀다르(Pindar), 바키리데스(Bacchylides), 시모니데스(Simonides), 아이스킬러스에게 대단히 매력적인 곳이었기 때문이라고 볼 수 있다.

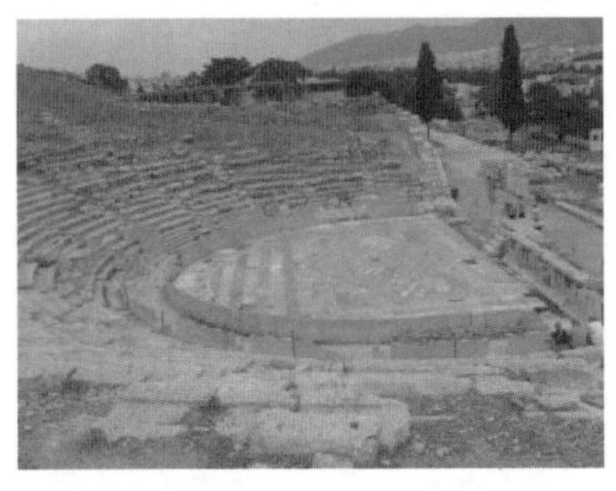

Theater of Dyonisus at Athens.

시실리의 겔라(Gela)에서 아이스킬러스는 기원전 456년 또는 455년 사망했다. 아이스킬러스가 사망하자, 아테네에 있는 디오니서스 극장(Theater of Dionysus)은 그의 동상을 세우고 오직 살아있는 작가들의 경쟁 작들을 공연하는 페스티벌의 규칙을 깨고 아이스킬러스의 작품의 재공연을 허락하였다. 결국 이를 바탕으로 아이스킬러스의 비극은 종종 재공연 되었고 그의 작품들은 이후의 극작가들에게 많은 영향을 미치면서 그는 비극의 전설적인 극작가로 기억되고 있다.

작품 배경

1) 그리스 초기 비극

그리스의 전설적인 최초의 극작가 테스피스(Thespis) 시대부터 초기 비극이 등장할 때까지 아테네에서는 일종의 연극 공연이 정기적으로 행해져왔다. 그 기원은 코로스가 등장하는 서정시가 차츰 서정적인 드라마로 발전한 것으로 보인다. 초기 드라마는 디오니소스 신을 찬미하는 제의 형식을 띠었으며 춤과 노래를 하는 코로스의 역할이 중요했다. 그러나 차츰 드라마의 내용과 형식은 제의적인 요소를 버리고, 서사시와 서정시의 전통, 구전되어오는 전설이나 기억들, 제의적인 의식들, 수난극이나 신비극 전통에서 많은 것을 가져오면서 발전하게 된다. 비극의 초기 형식을 만든 극작가들인 테스피스(Thespis), 프라티나스(Pratinas), 코에리러스(Choerilus), 피리니쿠스(Phrynichus)에 대해서는 알려진 바가 없다. 따라서 그리스 비극은 아이스킬로스와 함께 널리 알려 지게 된다.

아이스킬로스가 극작을 하는 시기에 그리스 비극의 형식이 확정된다. 배우는 한 명에서 두 명(후에는 3명)으로 늘어나며, 코로스와 함께 드라마를 구성하게 된다. 디오니소스 연극경연대회에 참가하는 극작가들은 3개의 비극으로 이루어진 3부작과 희극인 사티로스극 한 편을 묶어서 공연했으며, 이 가운데서 승자를 가리게 된다. 연극의 소재는 주로 그리스 전설이나 신화에서 가져온 영웅들의 이야기이며 의상은 형식에 따른 것이고, 배우의 동작은 절제되고 양식화 되었으며, 살인과 같은 폭력적인 장면은 다루지 않는다. 그리스 연극은 사실주의나 자연주의 연극을 추구하지 않았다. 아이스킬로스도 당대의 역사적 사실인 페르시아 전쟁을 다룬 『페르시아인들』(*Persians*)에서 그것이 마치 전설인 것처럼 현재와는 거리가 먼 시점과 장소라는 인상을 주는 방식을 사용한다. 따라서 관객들은 이 연극의 무대인 페르시아를 마치 트로이나 오이디푸스의 테바이인 것처럼 생각하게 된다.

아이스킬로스를 위시한 비극작가들은 주로 『일리아드』와 『오딧세이아』, 그리고 트로이 전쟁과 테바이의 이야기에서 극의 소재를 가져왔으나, 이들 이야기를 직접적으로 다루기보다는 상상력을 통해서 다양하게 변주시켰다. 아이스킬로스의 경우에도 이 같은 소재의 변주과정은 『오레스티아』 3부작에서 잘 드러난다.

2) 비극의 구조

그리스 비극은 프롤로그(prologue)로 시작해서 엑소도스(exdodos)로 끝을 맺는 구조를 지닌다. 프롤로그는 배우 한사람 또는 두 사람 사이의 대화로 이루어지며 앞으로 극에서 다루어질 내용에 대한 배경을 설명하는 부분이다. 프롤로그에 이어서 코로스가 노래를 부르며 오케스트라(orchestra)로 행진해 들어오는 장면이 파로도스(parodos)이다. 코로스는 극이 끝날 때까지 음악에 맞추어서 영창을 하고 코로스 장은 배우와 대화를 나누면서 극의 주제와 배경에 관련된 이야기를 말해준다. 파로도스에 이어서 극의 진행을 알려주는 것이 현대극의 막이나 장면에 해당되는 에피소드(episode)이다. 에피소드에서 배우들은 대사와 연기를 통해서 극을 전개해 나간다. 이때 코로스는 여러 가지 형태로 참여한다.

에피소드가 끝나면 배우들이 퇴장을 하고, 코로스만 남아서 음악에 맞추어 영창을 하는 스타시몬(stasimon)이 이어진다. 코로스는 영창으로 앞일을 예견하거나 과거를 회상하면서 극적 분위기를 고조시킨다. 코로스는 때로는 두 편으로 나뉘어서 오케스트라 주위를 돌면서 영창을 하는데, 이때 오른편에서 왼편으로 움직이는 것을 스트로피(strophe), 왼편에서 오른편으로 움직이는 것을 안티스트로피(antistrophe)라고 한다. 스트로피와 안티스트로피는 서로 대화하는 형식을 취한다. 그리스 비극은 에피소드와 스타시몬이 번갈아 진행되는 구조를 갖는다. 엑소도스는 마지막 스타시몬 다음에 오는 극의 최종 부분으로 극에 참여한 모든 사람들은 엑소도스가 끝날 때 모두 퇴장한다.

그리스 비극에서 코로스의 역할은 대단히 중요하다. 코로스는 주로 극 안에서 관객의 역할을 한다. 이들은 주인공이 처한 상황에 대한 배경을 설명하거나 주인공의 행동과 감정을 해설하는 역할을 한다. 또한 코로스는 노래로 극적 상황의 심리적, 정서적 측면을 드러내거나, 사건의 중요성을 지적해 준다. 그리고 에피소드 사이를 구분 짓고, 시간의 경과를 알려준다. 배우의 수가 늘어나고 극중 인물들 사이의 갈등이 더욱 강조됨에 따라서 코로스의 역할은 상대적으로 약화된다.

3) 그리스 극장의 구조

그리스 시대 극장은 야외에 위치한 원형 극장으로, 경사진 언덕에 말발굽 모양의 반원형으로 된 객석과 중앙의 오케스트라, 그리고 객석 맞은편의 공연장소로 이루어 졌다. 아테네의 디오니소스 극장은 1만 7천명의 관객을 수용할 수 있는 크기로, 배우들의 대사와 코로스의 노래를 잘 들을 수 있는 구조였다. 돌로 된 관객석은 오늘날 운동 경기장의 관중석과 같은 모양으로 테아트론(theatron)이라고 불렸으며, 여기서 극장(theatre)이라는 말이 유래하게 되었다.

테아트론이 둘러싸고 있는 맨 아래 원형으로 된 장소가 오케스트라로, 코로스가 노래하고 춤을 추는 장소이다. 오케스트라 중앙에는 제단이 마련되어 있어서 디오니소스를 위한 제물을 바치게 되어 있는데, 이곳은 때로는 연극 무대의 일부로 사용되기도 했다. 코로스는 테아트론의 양 옆 통로인 파로도스를 통해서 오케스트라로 행진해 들어와서는 극이 끝날 때까지 그 자리에 머물게 된다. 플룻이나 하프를 연주하는 사람들은 오케스트라의 구석 자리에 있게 된다.

테아트론 맞은편에는 배우들이 분장을 하는 공간인 나무로 만든 스케네(skene)라는 건축물이 있다. 이 건물의 앞면은 궁전이나 신전의 모습을 하고 있으며 극의 배경이 되어준다. 스케네에는 문이 3개 있어서 배우들이 이곳을 통해 등퇴장을 한다. 스케네 앞에는 오케스트라보다 조금 높게 만들어진 공간인 프로시니움(proscenium)이 있으며, 배우들은 주로 여기서 공연을 한다.

연극적인 효과를 높이기 위해서 여러 가지 장치들이 사용되었는데, 그 가운데는 천둥과 번개의 효과를 내는 장치, 배경 그림을 그린 장치, 바퀴 달린 무대 등이 있다. 예를 들면 클리타이메스트라와 아이기스토스의 시신을 보여주기 위해서는 바퀴달린 무대를 이용한다. 그리고 일종의 기중기와 같은 장치(machina)를 써서 신들이 하늘에서 내려오는 장면(deus ex machina)을 연출하기도 했다. 이 같은 장면 연출은 후대에 와서는 작위적인 결말을 연출하는 것으로 간주되었다.

배우들은 모두 남성으로 마스크를 썼으며, 극중 인물의 성격을 드러내는 의상과 가발을 사용했고, 특히 비극의 주인공은 굽이 높은 신을 신었다. 배우들의 연기는 일정한 양식을 지닌 것이지만, 생동감 있고 사실적인 동작을 나타내기도 했다. 전반적으로 비극 공연은 화려한 의상과 코로스와 배우들의 움직임, 음악과 춤과 시가 어우러져서 장중하면서도 흥미로운 볼거리를 제공했다.

4) 아트레우스 (Atreus) 가문의 신화적 배경

아이스킬로스가 『오레스티아』 3부작에서 사용한 아트레우스 가문에 얽힌 전설의 시초는 제우스까지 올라간다. 제우스와 플루토 사이에서 태어난 탄탈로스(Tantalos)는 아트레우스의 조부이자 아가멤논의 중 조부로 신들을 모독한 행위로 저주를 받게 되며, 그 저주는 아가멤논의 아들에 이르러 비로소 풀려나게 된다. 탄탈로스는 신들의 총애를 받아 신들과 함께 식사를 하는 영예를 누리지만, 신들의 음식을 인간에게 주고 제우스의 황금 개를 훔치는 행동으로 신들을 모독한다. 그러나 신들을 모독하는 가장 오만한 행동은 자신의 아들인 펠롭스(Pelops)를 죽여서 신들의 축제 음식으로 제공한 것이다. 이 같은 죄악으로 그는 지옥에 떨어져서 물과 음식 가운데 있으면서도 영원히 갈증과 기아에 고통을 당하는 형벌을 받게 된다. 탄탈로스의 딸 니오베(Niobe)는 테바이의 왕인 암피온(Amphion)과의 사이에 아들 6명과 딸 6명을 둔다. 니오베는 아폴론과 아르테미스의 어머니인 레토(Leto)보다 자신이 더 많은 자식을 가진 행운을 뽐내자, 이에 분개한 레토의 청으로 아폴론은 니오베의 아들들을 죽이고 아르테미스는 딸들을 모두 죽인다. 그리고 제우스는 니오베를 눈물을 흘리는 석상으로 만들어 버린다.

한편 제우스가 펠롭스를 되살려 놓았으나, 그는 이미 먹혀 버려서 어깨가 없는 상태였으므로 데메테르는 그에게 상아로 된 어깨를 만들어준다. 아카디아에 온 펠롭스는 그곳 왕 오에노마우스(Oenomaus)의 아름다운 딸 히포다미아와 사랑에 빠진다. 오에노마우스는 딸의 구혼자들과 전차 경주시합을 하여 진 사람은 죽이는데, 왕이 가장 빠른 말을 가지고 있어서 딸의 구혼자들은 시합에 이길 수가 없었다. 히포다미아가 전차 모는 사람을 매수하여 아버지의 전차를 느리게 몰도록 하고, 바다의 신 포세이돈이 펠롭스를 위해 세상에서 가장 빠른 말 두 필을 주어서, 펠롭스는 시합에 이기게 된다. 그는 왕을 죽인 다음 히포다미아와 결혼을 한다. 펠롭스는 대가를 요구하는 전차 모는 사람을 죽임으로써 그의 저주를 받지만, 자신의 이름을 딴 지역인 펠로폰네소스를 정복해서 오랫동안 통치를 잘 하고, 자식 또한 많이 두게 된다.

히포다미아는 남편이 사생아인 크리시푸스(Chrysippus)를 총애하자 자신의 아들인 아트레우스(Atreus)와 티에스테스(Thyestes)와 공모하여 그를 죽인다. 아트레우스와 티에스테스는 미케나이(또는 아르고스)로 도망을 가며, 그곳에서 황금양털을 손에 넣은 아르테우스는 미케나이의 왕이 된다. 동생인 티에스테스는 아트레우스의 아내인 아에로페(Aerope)를 유혹해서 황금양털을 손에 놓고는 왕위를 차지한다. 그런다음 태양이 그 항로를 거꾸로 간다면 아트레우스에게 왕위를 돌려줄 것을 약속한다. 제우스는 태양을 거꾸로 가게 만들어서 아트레우스는 다시 미케나이의 왕이 된다.

아트레우스에게는 아가멤논과 메넬라우스(Menelaus)라는 두 아들이 있는데, 아트레우스가 동생이 자신의 아내를 유혹한 것에 대한 복수로 그를 연회에 초대한 다음 그의 두 아들을 죽여서 음식으로 만들어 대접한다. 티에스테스는 이에 아트레우스와 그의 아들들에게 저주를 내린다. 복수를 위해 델파이에 간 티에스테스는 자신의 딸인 펠로피아(Pelopia)와의 사이에서 아들을 낳으라는 신탁을 듣는다. 한편 아내인 아에로페를 버린 아트레우스는 펠로피아를 새 아내로 맞이하고, 그녀가 낳은 아이기스토스(Aegisthus)를 자신의 아들로 생각한다.

아트레우스의 잔인한 복수 행위로 인해서 미케나이는 기근으로 고통을 받게 된다. 티에스테스의 귀향만이 이 고통을 완화 시켜줄 수 있기 때문에 아트레우스는 동생을 불러들이지만, 곧 그를 가두고는 아이기스토스를 시켜 죽이려고 한다. 티에스테스는 자신을 죽이려고 온 아이기스토스의 칼이 자신의 것임을 알자 펠로피아를 데려오라고 부탁한다. 펠로피아에게 티에스테스가 자신의 정체를 밝히자 그녀는 자결을 하고, 아이기스토스는 자신의 친 아버지가 티에스테스임을 알게 되자 지금까지 자신을 키워준 아트레우스를 죽인다. 티에스테스는 다시 미케나이의 왕이 되고 아트레우스의 두 아들은 망명길에 오른다.

아가멤논과 미넬라우스는 스파르타의 왕 틴다레우스(Tyndareus)의 도움으로 미케나이의 왕위를 되찾는다. 아가멤논은 틴다레우스의 딸 클리타이메스트라의 첫 남편을 죽이고 그녀와 결혼을 하며, 메넬라우스는 헬렌과 결혼해서 스파르타를 통치하게 된다. 그러나 트로이의 왕자 파리스가 헬렌을 트로이로 납치해가면서 트로이 전쟁이 일어나게 된다. 아가멤논은 그리스 연합군의 총사령관으로 참전하면서 아르테미스 여신의 화를 풀기 위해서 딸 이피게니아를 희생 제물로 바친다. 10년에 걸친 트로이 전쟁에서 승리한 아가멤논은 승리의 전과물로 트로이 공주 카산드라를 데리고 돌아온다. 딸을 희생시켰고 전남편을 죽인 바 있는 아가멤논에게 복수하기 위해서 클리타이메스타라는 아이기스토스를 연인으로 맞아들이며, 그와 공모하여 귀국 축하연 자리에서 아가멤논과 카산드라를 살해한다. 그리고 아이기스토스는 클리타이메스트라와 함께 미케나이를 통치한다.

엘렉트라는 궁에 남아서 노예와 다름없는 생활을 하며, 오레스테스는 나라 밖으로 도피하여, 크리사(Crisa)에서 살면서 이곳 왕의 아들인 필라데스의 친구가 된다. 8년이 지난 후 오레스테스는 필라데스와 함께 델파이에 가서 부왕의 복수를 할 것과 그렇지 않을 경우 문둥병자로서 추방자의 생활을 할 것이라는 신탁을 듣는다. 비밀리에 미케나이에 돌아온 오레스테스는 부왕의 무덤에서 엘렉트라를 만난다. 그리고 오레스테스가 죽었다는 소식을 클리타이메스트라와 아이기스토스에게 전달한다. 오레스테스는 궁 안으로 안내되자 아이기스토스를 살해한다. 아들을 알아본 클리타이메스트라는 자비를 베풀 것을 간청하나, 오레스테스는 신탁에 따라 모친을 살해한다. 복수의 여신들이 나타나서 그를 계속 괴롭히자 다시 델파이에 간 오레스테스는 일 년 간 망명생활을 한 다음 아테네에 있는 아테네 여신의 신전으로 가라는 신탁을 듣는다.

일 년 동안 복수의 여신들의 끊임없는 괴롭힘을 당한 오레스테스는 마침내 아테네 신전에 도착해서 자신의 죄를 인정하지만 결코 신들을 원망하지는 않는다. 아폴론과 아테네는 복수의 여신들을 설득하려 하지만 이들은 계속 보복할 것을 요구한다. 다시 델파이에 온 오레스테스는 흑해 연안에 있는 타우리스의 아르테미스 신전에 가서 여신의 신상을 그리스로 가져오라는 신탁을 듣는다. 타우리스로 간 오레스테스와 필라데스는 함께 붙잡혀서 아르테미스 신전으로 끌려가며 그곳에서 놀랍게도 여사제로 있는 이피게니아를 만나게된다. 아가멤논이 아르테미스 여신에게 제물로 바쳤던 이피게니아는 여신에 의해서 이곳으로 와서 여사제가 된 것이다. 이피게니아의 도움으로 배를 타고 타우리스를 빠져나가려고 할 때 이들은 타우리스 사람들에게 잡힐 뻔 하였으나 아테네 여신의 도움으로 무사히 그리스로 돌아온다. 이피게니아는 엘렉트라와 필라데스의 혼례를 주관하고, 오레스테스는 복수의 여신들을 달랜 후 평화롭게 살게된다.

아이스킬로스는 이 같은 아르테우스 가문의 이야기를 토대로 하여 3편의 비극을 만들어 내었다. 호머가 『오딧세이아』에서 아가멤논의 살해를 이야기하고, 시실리의 시인 스테시코러스(Steshchorus)가 오레스테스의 운명을 서정시의 주제로 다룬 것과는 달리, 아이스킬로스는 아르테우스 집안의 4대에 걸친 비극을 총체적으로 다룬다. 『아가멤논』은 트로이의 멸망 소식으로부터 아가멤논의 살해, 그리고 그를 살해한 아내와 그녀의 정부가 아르고스의 독재자로 확고하게 자리 잡는 과정까지를 다루며, 『제주를 바치는 여인들』은 오레스테스가 어머니와 그녀의 정부를 살해하고, 복수의 여신들에게 쫓겨서 아르고스를 떠나는 시점까지를 다룬다. 그리고 『에우메니데스』에서는 오레스테스가 마침내 아테네의 새로운 시민 법정에서 무죄 판결을 받게 되고 복수의 여신들도 아테네를 지키는 새로운 역할을 부여받음으로써, 복수의 악순환의 고리가 종식되는 과정을 다룬다.

그리스인들에게 친족의 살해는 가장 큰 죄로 죽음으로서만이 그 대가를 치를 수 있다. 아이스킬로스는 탄탈로스가 자신의 아들을 죽이는 것에서부터 오레스테스가 모친을 살해하기에 이르는 아트레우스 가문의 오랜 피의 보복의 과정 중 가장 극적인 사건들을 중점적으로 다루면서 특히 주인공들의 심리 묘사에 비중을 둔다. 그리고 『에우메니데스』에서 신화의 결말 부분을 변용해서 아테네 시민들로 구성된 법정 장면을 도입한다. 아폴론과 복수의 여신들로부터 판결을 요구받은 아테네는 아테네 시민들로 구성된 배심원들이 판결을 내리도록 한다. 양편에 대한 판결이 동점으로 나오자 아테네 여신은 오레스테스의 무죄를 주장하는 쪽에 한 표를 던진다. 그리고 복수의 여신들에게는 아테네를 지키는 정령들이라는 새로운 지위를 부여한다. 이로써 복수의 악순환의 고리를 끊는 것은 문명화된 시민사회의 법에 따를 판결과 이를 뒷받침 해주는 신들의 협조로 이루어진다. 그리고 이 판결이 내려진 아레이오파구스(Areiopagus) 법정은 인류 역사상 살인죄에 대해 공정한 판결을 내린 곳으로 영원히 기억된다.

제주를 바치는 여인들
Choephoroi

제주를 바치는 여인들

■ 등장인물

오레스테스

필라데스

엘렉트라

코로스

클리타이메스트라

킬리사

아이기스토스

아폴론

헤르메스

복수의 여신들

아가멤논

프롤로그

아르고스 궁전 근처에 있는 아가멤논의 묘지.

여행객 차림으로 오레스테스와 필라데스 등장

오레스테스

　　아버지의 권능을 수호하는 지하세계의 신 헤르메스[1]여,

　　부디 청컨대, 나의 구원자요 나의 편이 되어주소서.

　　추방에서 돌아와 이 땅에 왔습니다. 이 솟아 있는 무덤 곁에서

　　아버님께 제 말에 귀 기울여 들어주십사

　　외치고 있습니다.

　　. . . . .

　　이 머리털 한 묶음은 나를 키워준 보답으로 이나쿠스강[2]에

　　바치고, 다른 묶음은 내 슬픔의 표시입니다.

　　아버지시여, 당신의 죽음을 애도하는 자리에 없었고,

　　유해가 매장되기 위해 떠나갈 때 손을 뻗지도

　　못했습니다.

측면에서 코로스, 엘렉트라와 함께 등장한다.

---

1) 헤르메스(Hermes)는 (1)하계의 신으로서, "영혼들의 안내자"이자 천상과 지옥의 신
　 들 사이의 전령이므로 사자(死者)들의 통치자들과 아버지 혼령에게 하는 오레스테
　 스의 호소를 들어줄 수 있다. 또한 (2) 아버지인 구원자 제우스로부터 위임받은 힘
　 의 집행자로 불려지기도 한다. "아버지 신"은 제우스를 가리키나, 어떤 경우에는
　 "나의 아버지들의 신"이라고 해석하기도 한다.
2) 오레스테스는 강의 신 이나쿠스(Inachus)에게 경배 드리기 위해서 그의 머리카락 한
　 묶음을 바치는데, 이는 강이 생명의 원천으로 숭배되었기 때문이다.

저기 보이는 것은 무엇일까? 이곳을 향해 오고 있는
저 상복을 입은 한 무리의 여인들은 누구일까? 무슨 일이
일어난 것일까? 이 집안에 어떤 새로운 슬픔이 엄습한 것일까?
아니면 아버님을 위해 지하의 혼령들을 달래려고 제물을
가져오는 것이라는 내 추측이 맞는 것일까? 그 때문인 것이
분명해. 저기 오는 것은 정녕 누나 엘렉트라가 틀림없어.
무리 가운데 비탄의 모습이 유난히 두드러지는 것이.
오 제우스여, 아버님의 죽음을 복수할 수 있게 해주시고,
은총을 베푸시어 저를 도와주소서!
　　필라데스, 옆으로 비켜나서 탄원을 하러온 이 여인들이
뜻하는 바를 확실히 알아보도록 하세.

두 사람 옆으로 물러선다.

파라도스

제물을 든 여인들과 함께 엘렉트라 등장

코로스

궁전에서 보내서 격렬하게 손으로 가슴을 치며

제물을 가지고 왔으니, 내 뺨은 손톱이 생생하게 파놓은

이랑에서 나오는 피로 물들었다—

허나 온 생애 동안 내 가슴은 비탄으로 가득 찼도다.

슬픈 타격 소리에 맞추어 마로 된 내 옷을 찢을 때,

큰 소리가 나는구나. 내 가슴을 덮은 것은,

모든 쾌락에는 낯선 운명에 엄습당한 옷이로다.

머리털 한 올 한 올을 곧추 서게 만드는

날카로운 소리로, 꿈속에서 이 집안의 운명을

점치는 예언의 힘이 잠결에 분노의 소리로,

깊은 밤 궁전 깊숙한 방에서 공포의 비명을 지르니,

여인들의 침실을 무겁게 뒤흔들었다네.[3]

이 같은 꿈의 해설가들은 하늘에 맹세코

그 뜻을 풀이하기를 지하의 사자들이

심히 분노하고 있으며 자신들을 살해한 자들에게

원한을 품고 있다고 선포하였네.

---

3) 이 구절에 쓰인 단어들은 이중의 목적으로 쓰이고 있다. (1)델파이(Delphi)의 신들린 여사제들이 신탁을 전달한다는 의미와 (2)클리타이메스트라의 꿈이 지니는 놀라운 의미를 보여주기 위한 것이다.

오 대지의 어머니여! 화근을 물리치려고 성의 없는
배려로 나를 보냈네, 신을 경멸하는 그 여인이.
그러나 하라고 시킨 그 말을 하기가 두렵구나.
한번 대지 위에 흘린 피를 무엇으로 보상할 수 있단 말인가?
아 극도의 슬픔이 가득 찬 화덕이여!
아 철저히 파멸해 버린 집안이여!
햇빛도 비치지 않고 사람들이 혐오하는,
주인이 죽고 없는 이 집안을 어둠이 감싸고 있구나.

[안티스트로피 2

한때는 그 누구도 저항도, 반항도,
평정할 수 없었고, 군중의 귀와 가슴을
꿰뚫었던 그 경외로운 위엄이
이제는 사라졌도다. 사람들은
두려움만을 느낄 뿐이구나.
행운만이 인간의 눈에는 신이고
신 이상의 존재가 되었구나.
그러나 정의의 저울은 지켜보나니,
정의는 아직 빛 속에 서 있는 자에게
재빠르게 내려오거나, 때로는 슬픔이
인생을 마무리 짓는 황혼에 늑장 부리는 자들을

기다린다. 그리고 어떤 자들은 무력한
밤에 휩싸여 버린다.

[스트로피 3

어머니 대지가 피를 가득 마셨기에
복수의 핏덩이는 엉켜 붙은 채 스며들지 않는구나.
영혼을 고문하면서 재앙은 죄진 자를 괴롭혀,
그가 철저하게 불행에 빠지게 만든다.

[안티스트로피 3

신부의 방을 더럽힌 자에게는 어떤 구제도 없듯이,
모든 강물을 한 곳으로 모아
더럽혀진 손을 씻으려 한들
강물은 아무런 효력 없이 흐를 뿐이네.

신들이 나의 도시에 옥죄이는 파멸을
내리셨으므로, 나는 아버지의 집을 떠나
노예의 운명을 맞았으니,
내 의지에 반해서 쓰라린 증오심을 극복하고
옳든 그르든 주인들의 명령에 복종하는 것이
내게 어울릴 것이다. 허나 베일 밑 내 가슴은
남모르는 슬픔으로 차게 식어 있도다.
나는 주인님의 비참한 죽음을 슬퍼하노라.

첫 번째 에피소드

엘렉트라

집안일에 헌신해온 하녀들이여, 그대들이

나를 따라 탄원 드리는 의식을 위해 이곳에 왔으니

나에게 충고해주기 바라오.

이 슬픔의 제주를 따를 때 무엇이라고 말해야 하지?

어떤 좋은 말을 해야 하지, 아버님께 어떤 기도를 드려야 하지?

내 어머니이기도 한 사랑하는 아내로부터 사랑하는 남편에게 드리는

제물을 가져왔다고 말해야 하나? 그렇게 할 자신은 없어.

또 이 제주를 아버님 무덤에 부을 때 무슨 말을 해야 할지 모르겠어.

아니면 사람들이 습관처럼 말하듯이, 이렇게 말할까?

"화환을 보낸 자들에게 훌륭한 보답이 있기를" − 확실히

. . .그들의 악행4)에 맞는 보답이 있기를.

아니면 나의 아버님이 살해되셨을 때처럼 침묵 속에 경의도

표하지 않은 채, 대지가 마시도록 제주를 부은 다음,

축제의 쓰레기를 버리듯 제기들을 보지도 않은 채

던져버리고는 되돌아가야 하나?

친구들이여, 이 일에 있어 나의 상대가 되어주오.

우린 저 집 안에서 같은 증오심을 품고 있는 처지이니까.

---

4) "그들의 악행"은 예기치 않게 "그들의 선행"을 대체하고 있다.

누군가를 두려워하여 그대 마음 속 충고를 숨기지 말게.
자유의 몸이든 타인의 강압에 의해 노예가 된 사람이든
다 같이 운명의 시간을 피할 수는 없으니까. 그대가 충고해줄
더 좋은 생각이 있다면, 오, 말해주오!

코로스장

마치 제단과도 같은 그대 아버님의 무덤에 대한 경외심으로,
내게 명령을 하시니, 가슴 속 깊은 생각을 말하지요.

엘렉트라

내 아버님의 무덤을 공경한다니, 말해 주오.

코로스장

당신이 제주를 따를 때 그분께 충성하는 자들을 위해
축복으로 충만한 말을 하세요.

엘렉트라

내게 가까운 사람 가운데 누굴 그렇게 부를 수 있을까?

코로스장

먼저 당신 자신을―그런 다음 아이기스토스를 증오하는
모든 사람들을.

엘렉트라

그렇다면 나를 위해서 그리고 그대를 위해서 기도를
드려야하는 것인가?

코로스장

당신의 판단으로, 당신 스스로 잘 생각해 보세요.

엘렉트라

우리 편이라고 할 수 있는 사람이 누가 더 있단 말인가?

코로스장

오레스테스를 잊지 마세요, 비록 그가 집을 떠나 있지만.

엘렉트라

잘 말했어! 가장 훌륭한 충고를 해 주었어.

코로스장

이제 죄지은 살해자들도 잊지 마시고―

엘렉트라

뭐라고 기도를 하지? 내가 경험이 없으니 가르쳐주오.

기도하는 방식을 지시해 주오.

코로스장

그들에게 어떤 신이나 인간이 찾아가도록―

엘렉트라

심판관으로서 아니면 복수자로서, 어떤 뜻이요?

코로스장

분명하게 말하세요, "목숨에는 목숨으로 갚을 자"라고.

엘렉트라

내가 신들에게 그렇게 청원하는 것이 옳은 일인가?

코로스장

옳다고요? 어떻게 안 그럴 수 있나요? 적에게

악에는 악으로 보답하는 것이!

엘렉트라 무덤에서 무릎을 꿇고 기도한다.

엘렉트라

천상과 지하 세계 사이에서 가장 위대하신 전령이신

지하의 헤르메스여, 나를 도와주소서. 아버님의 집을
지켜보시는 혼령들과 만물을 낳아 기르고 자손이 번성케 하는
대지의 여신을 불러, 내 기도를 듣게 하소서. 사자들을 위해
이 정화시키는 제물을 바치고, 아버님을 부르며 기도를 드립니다.
"저와 사랑하는 오레스테스를 부디 불쌍히 여겨 주소서!
어떻게 저희가 우리 집안의 주인이 될 수 있을까요?
우리를 낳아준 어미에게 팔려서 우리는 떠돌이가 되었습니다.
우리를 판 대가로 그 여인은 아버님 살해의 공모자인
아이기스토스를 남편으로 사들였습니다. 저는 노예나 다름이 없고,
오레스테스는 재산도 받지 못한 채 추방되었고, 저 자들은
오만하게도 아버님이 힘써 모으신 재물을 탕진하고 있습니다.
오레스테스가 고향으로 돌아오게 해주소서―행운의 도움으로!
이것이 아버님께 드리는 제 기도이니, 아버님, 제발 제 기도를
들어주세요. 저를 위해서는 어머니보다 훨씬 더 순결한 마음과
결백한 손을 갖도록 해주세요.
이것은 저희들을 위한 청원입니다. 그러나 우리 적들에게는
아버님의 원수를 갚아줄 사람이 나타나, 아버님의 살해자들이
정당한 보복으로 죽음을 맞도록 해주소서. (이처럼 저는 선을 위한
기도를 중단하고, 저들에 대한 저주의 기도를 드립니다.) 그러나
저희들을 위해서는, 여러 신들과 대지와 승리의 관을 쓰신
정의의 여신의 도움으로 지상으로 축복을 올려 보내 주소서."

                     엘렉트라 제주를 따른다. 그리고 코로스를 향해서

내 이렇게 기도드리며 제주를 바치오. 그대들이 할 일은 애도의 꽃
으로 내 기도를 장식하고, 소리 높여 사자들을 위한 찬양을 부르는
것이오.

코로스

악을 막아주는 이 제주와 함께

돌아가신 주인을 위해서

눈물을 쏟아 내자―이것은 쏟아 부은

제주의 가증스런 오염으로부터

선한 자들을 피하도록 하기 위함이다.[5]

내 말을 들어주소서, 어둠에 둘러싸여 있는 혼령이신,

나의 존엄하신 주인이여.

아아 슬프구나! 창의 힘으로 이 집안을 구해주고,

싸움에서 스키타이인의 반동하는 활을 휘두르고,

일대일 전투에서 칼을 휘두르는

전쟁의 신인 그 분을 위해서!

　　　코로스가 노래를 마칠 때 엘렉트라가 오레스테스의 머리묶음을 발견한다.

엘렉트라

아버님께서는 이제 제주를 받으셨구나, 대지가 이것을 흠뻑

마셨으니.

헌데 여기 놀라운 소식이 있구나! 나와 함께 이 소식을 나누어

가집시다.

---

5) 다른 번역으로는: "돌아가신 주인을 위하여, 선악에 대응하는 이 장벽(무덤)에서, 제
　주가 부어졌으니, 저주받은 오염을 막기 위함이다"

코로스장

말씀 계속 하세요-그런데 내 가슴은 두려움에 떨고 있습니다.

엘렉트라

여기 머리 묶음이 있소. 무덤에 바치는 잘라낸 머리털이오.

코로스장

누구의 것일까요-어떤 남자의 것일까, 아니면 허리가 가는

처녀의 것일까요?

엘렉트라

이건 쉽게 짐작할 수 있소-누구라도 추측할 수 있소.

코로스장

그렇다면? 나이 든 내가 젊은 그대에게서 배우겠소.

엘렉트라

이 머리털을 자를 수 있는 사람은 없소-나 말고는.

코로스장

그래요, 머리털을 애도의 제물로 바칠 수 있던 자들은

적이 되었으니까요.

엘렉트라

그리고, 잘 보시오, 이것은 바로-

코로스장

누구의 머리털이라고요? 알고 싶군요.

엘렉트라

우리들의-그래, 보니까 아주 똑같아.

코로스장

그러면 오레스테스가 몰래 여기서 이것을 바쳤다는 말인가요?

엘렉트라

이건 그 아이의 곱슬 머리털과 아주 흡사해.

코로스장

허지만 감히 여길 어떻게 올 수 있을까요?

엘렉트라

아버님을 애도하기 위해서 이 자른 머리털을 보낸 것이지.

코로스장

그분이 다시는 이 땅에 발을 딛지 않을 것이라면,

당신 말에는 눈물을 흘린 더 큰 이유가 있군요.

엘렉트라

내 가슴엔 또한 비통함의 파도가 휩쓸고 내 몸은 칼에

깊숙이 찔리고 또 찔린 것처럼 고통스럽구나.

이 머리털 묶음을 보니 눈에선 목마른 눈물이

폭풍 같은 홍수처럼 억제할 수 없이 흘러내리는구나.

이 머리털의 소유자가 어떤 다른 사람, 어떤 시민이라는 걸

어떻게 기대할 수 있단 말인가? 또한 살인자이고 내 어머니며,

그 이름에 어울리지 않게 자식들을 미워하고 신을 증오하는

여인이 자신의 머리털을 잘랐을 리가 절대로 없지.

그러나 이것이 내게 이 세상에서 가장 소중한 사람, 오레스테스의

머리를 장식했던 것임을 어떻게 확실히 동의할 수 있단 말인가?

아, 아니야. 희망이 내게 아첨을 하는 것이지.

아 아! 이 머리털이 전령처럼 친절한 목소리를 갖고 있다면

난 혼란스런 생각으로 뒤척이지 않을 터인데—이것이

증오하는 자의 머리에서 잘라낸 것이니까 던져버리라고
분명히 말해준다거나, 아니면 만약 이것이 나의 친족이라면,
나와 슬픔을 나누고 이 무덤에 장식이 되고 나의 부친께
경의를 표하는 것이 될 터인데.
그러나 내가 청원 드리는 신들은 우리가 뱃사람처럼
폭풍에 어떻게 흔들리고 있는지 알고 계시지. 하지만 우리가
살아날 운명이라면, 작은 씨앗으로부터 큰 나무가 자라날 것이오.
자, 보시오! 여기 두 번째 증거인 발자국들이 있군. 내 것과
같은 발자국들! 그래, 여기 두 종류의 발자국이 있어. 그 아이의
것과 어떤 동행인의 것이야. 발뒤꿈치와 발 안쪽의 패인 부분의 모
습이 내 것과 일치하는구나. 머리는 혼란스럽고 난 미칠 것만 같구
나!

오레스테스 등장

오레스테스

그대의 기도가 이루어진 것을 신들께 감사해 하고,
앞으로도 기도가 이루어지도록 기도하시오.

엘렉트라

왜 그런가요? 신들의 은총으로 내가 지금 무엇을 얻었다는 것이죠?

오레스테스

그대가 오랫동안 기도했던 것이 그대 눈앞에 있습니다.

엘렉트라

내가 누굴 불렀는지 그대가 안단 말이오?

오레스테스

그대가 오레스테스를 무척 그리워하고 있다는 것을 압니다.

엘렉트라

그렇다면 어떻게 해서 내 기도가 이루어졌다는 것이지요?

오레스테스

여기 내가 있습니다. 나보다 더 가까운 친구는 찾지 마세요.

엘렉트라

아니에요, 분명코 이것은 그대가 내게 덮어 씌우려는 흉계의 덫이

아닌가요?

오레스테스

그렇다면 이것은 내 자신에 대해 흉계를 꾸미는 것이 되지요.

엘렉트라

아니에요, 그대는 나의 불행을 조롱하고 있군요.

오레스테스

그대의 불행을 조롱한다면, 그것은 제 자신의 불행을

조롱하는 것입니다.

엘렉트라

그렇다면 진실로 그대를 오레스테스라고 불러야 하나요?

오레스테스

아니, 나에게서 그의 진짜 모습을 보고도 잘 알아보지

못하시는군요. 그러나 애도의 표시로 자른 이 머리묶음을

보고 내 발자국을 재어 볼 때는, 그대가 본 것이 바로

나였다고 생각하고 몹시 기뻐했지요. 이 머리털이

잘려나간 곳에 그대 동생의 것인 이 머리다발을 갖다

대어 보시고 이것이 내 머리에 얼마나 잘 맞는가를 보세요.
그리고 그대가 손수 짠 이 직조물을 보세요. 견직기로 짠
솜씨와 동물 문양을 보세요.

엘렉트라 오레스테스를 열렬히 끌어안는다.

고정하세요! 기뻐서 들뜨지 마세요! 우리의 가장 가까운
친족이 우리 두 사람의 가혹한 적이라는 걸 아니까요.

엘렉트라

오 아버님 집안의 가장 사랑받는 자요, 오랫동안 눈물로
기다렸던 구원의 씨앗이 될 희망이요, 너의 완력에 대한 믿음으로
네 아버님의 집을 도로 찾을 것이다. 너의 사랑스런 존재가 내게는
네 사람 몫의 사랑을 지녔으니, 너를 아버지라고 불러야만 하겠구나.
그리고 어머니에 대해 지녔어야만 했던 사랑을 네게 준다―
어머니는 내가 정당하게 증오하는 사람이니―그리고 잔인한
희생의 제물이었던 언니에 대한 사랑도 네게 준다.
내 동생인 너는 내가 믿어 왔고 내게 존경심을 얻게 해줄 사람이야.
모든 것 위에 군림하시는 제우스 3세[6]와 함께 힘과 정의가
너를 도와주시기를!

오레스테스

오 제우스, 오 제우스, 우리의 명분을 굽어 살피소서!
악독한 독사의 그물에―또아리에 감겨서―걸려 죽은
아비 독수리의 고아들을 굽어보소서. 이들은 완전히

---

6) 제우스 "3세"라고 한 것은, '3'은 신비로운 효과를 지닌 숫자이기 때문이다. 제우스
  "3세"는 "구원자" 제우스를 의미한다.

고아가 되어, 굶주림의 고통을 받고 있나이다.

이들은 아직 어려 아비의 사냥감을 둥지로 가져올 힘이 없나이다.

그러니 아비를 잃고 둘 다 집에서 쫓겨난 저와 여기 가련한

엘렉트라를 굽어보소서. 그대에게 제물을 바치고 그대를

높이 받들었던 아버지의 자식들을 파멸시키신다면,

그대는 풍요로운 축제의 제물을 그 누구로부터 그와 같이

받으실 수 있단 말입니까? 독수리의 자손들을 죽인다면

그대는 인간들이 믿을 수 있는 전조를 전달할 수 없습니다.

그리고 이 왕가의 대가 완전히 끊어지면, 소를 제물로 바치는 날에

그대의 제단에는 누구도 제물을 바치지 않을 것입니다.

오 이 집안을 지켜주소서. 그대는 이 집안을 보잘 것 없는

상태에서 위대한 상태로 일으켜 세울 수 있습니다. 비록

이 집안이 지금은 완전히 망한 것처럼 보일지라도.

코로스장

오 자식들이여, 오 그대 부친의 화덕을 구할 자들이여,

사랑스런 자식들이여, 크게 말하지 마시오. 누군가 엿듣고서

소문처럼 이 모든 것을 우리 주인들에게 일러바치지 않도록

―언젠가는 저들이 검은 송진이 지글거리는 화염 속에

죽는 것을 볼 수만 있다면!

오레스테스

록시아스의 강력한 신탁은 분명히 나를 버리지는 않을 것입니다.

그 분은 내게 이 모험을 끝까지 용감하게 하도록 명령하고,

큰 소리로, 죄진 자들에게 부친의 복수를 하지 않는다면
내 따뜻한 심장의 피를 차게 만드는 불행을 경고하셨지요.
내 소유를 잃은데 대해 분노해서 그들이 살해한 것과
똑같은 보복으로 그들을 살해하라고 명하셨습니다.
그렇지 못할 경우 많은 힘든 고통을 겪으며 내 목숨으로
그 빚을 갚아야 한다고 선언하셨지요. 그 분은 지하에 있는
악령들의 분노를 인간에게 폭로해주고, 역병에 대해 말해 주셨지요.
날카로운 이빨로 살 위에 솟아올라 원래의 살을 먹어버리는
문둥병 같은 종기로 인해서 상처 위에 하얀 털[7]이 솟아난다고
하셨지요. 그리고 아버지의 피로부터 오도록 운명지어진 복수의
혼령들의 공격에 대해서도 말해주었지요. 복수를 요구하는 살해당한
친족들이 불러온 지옥의 혼령들의 어두운 화살과, 광기와 밤의
근거 없는 공포가, 어둠 속에서도 분명히 보는[8] 그자를 고문하고
괴롭힐 것이라고 말해 주었지요. 그리하여 청동의 채찍을 맞아
상처 입은 몸으로 그자는 조국에서 추방당했음에도
추격을 당할 것입니다.
이 같은 범죄자는 축제의 향연에도 유쾌한 술자리에도
참석하는 것이 허락되지 않는다고 신께서 천명하셨습니다.
비록 보이지는 않지만, 부친의 분노가 그자가 제단에 가는 것을

---

7) 상처에 난 솜털이 하얗게 변한 것으로 구약의 레위기 13장 3절에 나병의 증상에 관한 대목을 참조할 것.
8) 살해당한 친족에 대해 복수를 하지 않았으므로 복수의 여신들에 대한 공포로 잠을 이룰 수 없다.

금하며, 누구도 그자를 받아들이거나, 재워 주지 않습니다.
그리고 마침내는 모든 이에게서 존경을 받지 못하게 되고,
친구도 없이 완전하게 없애버리는 죽음에 의해서,
불쌍하게도 쪼그라들어 죽어버릴 것이라고 하셨지요.
이 같은 신탁을 믿지 않을 수 있나요? 아니지요, 신탁을 믿지
않는다하더라도, 이 행위는 해야만 합니다. 많은 충동들이
하나의 결론으로 모아지기 때문이지요. 신들의 명령 외에도,
나의 부친에 대한 깊은 애도와 가난의 괴로움으로 인해서—
가장 뛰어난 인간이요, 용맹한 정신으로 트로이를 무너뜨린
나의 동족들이 이처럼 여자들이 시키는 대로 할 수는 없습니다.
왜냐하면 그자는 가슴 속은 여자이니까요.
아니라면, 곧 그자를 시험해 볼 것입니다.

첫 번째 스타시몬

오레스테스, 엘렉트라 그리고 코로스, 아가멤논의 무덤 주위로 모여
비탄의 노래 (코모스)를 부른다.

코로스

위대한 운명의 여신들이여, 제우스의 힘을 통해
정의가 향하는 방향으로 성취되도록 해주소서!
"증오의 말에는 증오의 말로 응답하라,"
"살인의 타격에는 살인의 타격으로 갚아라,"
정의의 여신은 이렇게 소리치며 죄 값을 받아가네.
"행한 자는 당하게 될 것이다," 먼 옛날부터 전해지는 말이라네.

[스트로피 1

오레스테스

오 아버님, 불쌍하신 아버님, 무슨 말과 행동으로
멀리 떨어져 있는 제가 아버님 누워 계시는 곳에
어두움을 쫓는 빛을 가져 갈 수가 있을까요?
이 집을 처음에 소유했던 아트레우스가의
사람들을 위한 장례의 애도는 기쁜 봉사입니다.

[스트로피 2

코로스장

나의 자식이여, 죽은 자의 의식은
화염의 사나운 이빨도 억누를 수 없나니.
그는 자극하는 것을 잘 의식한다오.
죽은 자를 애도하면, 살인자는 밝혀지는 법.
정당한 명분을 지닌 아버지와 부모를 큰소리로
강렬하게 애도하면 사방팔방에서

찾을 것이오.

[안티스트로피 1

엘렉트라

오 아버님, 우리가 차례로 눈물을
쏟으며 애도하는 것을 들어 주세요.
보세요, 두 자식이 아버님 무덤에서
탄식의 노래를 부르며 슬퍼하고 있습니다.
탄원자와 추방자인 저희 둘은 아버님
무덤에서 은신처를 찾았어요.
악이 없는 선은 어디에 있나요?
불행과 싸우는 것이
희망이 없는 것은 아닌지요?

코로스

허나, 신들께서는 원하신다면,
우리의 말을 보다 즐거운 음조로
바꾸어 놓으실 수 있습니다.
무덤에서의 만가 대신, 궁전 안의
승리의 노래가 다시 결합한 친구를
환영할 것입니다.9)

[스트로피 3

---

9) 우정이 시작될 때 우호의 잔으로 서약하는 것처럼, 오레스테스는 오랜 부재 후 새로
운 친구로 환영받게 될 것이다.

오레스테스

아, 나의 아버님, 아버님께서

일리온의 성벽 밑에서 리키아인의

창에 찔려 살해 당하셨더라면!

집 안에서는 당신의 자식들에게

명예를 남겨 주셨을 것이고,

집 밖에서는 많은 사람들의

존경을 받게 했을 것이며, 바다 건너

저편에 아버님의 무덤은 높이 솟았을 것이고

당신의 집안은 무거운 짐을 지지 않아도

되었을 터인데.

[안티스트로피 2

코로스장

지하에서 영광스럽게 전사한

동료들의 환영을 받는 가운데,

뛰어난 위엄을 지닌 통치자로서,

지하세계를 통치하는 신들[10]의

대리인이 되셨을 것을. 살아생전에도

그대는 죽음의 운명을 부여하는 자들의

왕이었고[11] 모든 이들이 복종하는

---

10) 하데스 (또는 플루토)와 페르세포네 (또는 프로세핀)
11) 그는 신하들의 생사를 다루는 권리를 가지고 있는 군주들의 제왕이었다.

왕홀을 휘둘렀지요.

[안티스트로피 3

엘렉트라

아니에요, 아버님, 트로이의 성벽 아래

창끝에 죽음을 당한 병졸들 사이에서

스카만드로스 강가에 묻히실 것이 아니에요.

아버님을 살해한 자들이, 아버님을 살해했듯이

자신들의 친족에 의해서 죽음을 당했더라면,

그리하여 멀리 떨어진 곳에 있는 누군가가

우리들의 현재의 고통을 모른 채,

저들의 죽음의 파멸을 전해들을 수 있었더라면.

코로스

내 자식이여, 그대의 희망은 황금보다 귀하구료.

그것은 최상으로 축복받은 자들의 행운을

능가하는 것이지요 희망하는 것은 쉬운 일이에요.

그러나 이제―이중의 채찍소리12)가 지하에 들렸으니―

우리의 명분은 이미 지하의 지원자들을 확보했고,

저 쪽의 손은, 비록 권세를 지녔으나―

저 비참한 인간들은―저주 받았도다.

---

12) "이중의 채찍 소리"는 머리와 가슴을 때리고 발로 땅을 차면서, 지하의 사자(死者)들에게 복수를 도와줄 것을 호소하는 것을 말한다. 채찍은 호소하는 자가 두 명의 자식과 코로스이기 때문에 "이중"이 된다.

승리를 얻는 사람은 그대들이로다!

[스트로피 4

오레스테스

이 말은 대지를 뚫고 마치 화살처럼

아버님의 귀13)에 닿는군요.

오 제우스, 지하의 세계로부터

그들에 대한 보복이 오랫동안

지연되었던 인간의 손으로 행해진

무모하고 사악한 행위를 올려 보내시는

제우스여 - 그럼에도 이 보복은

아버님을 위해서 완수해야 합니다.14)

[스트로피 5

코로스장

칼에 찔려 쓰러진 사내와 죽어가는 여자 위로

승리의 힘찬 고함을 지르는 것이 내 몫이 되기를!

내 영혼 앞에서 날아다니는 것을 내 어찌

숨기려고 애써야 한단 말인가? 내 가슴의 뱃머리에

분노가 무서운 증오로 날카롭게 불고 있구나.

[안티스트로피 4

---

13) 아가멤논의 귀

14) 이처럼 오레스테스는 "나의 어머니를 죽이겠다"는(입 밖으로 내지 않은) 기도를 정
　　당화한다.

엘렉트라

강력한 제우스신이 언제 손을 들어 저들을

내리 칠 것인가 - 아! - 그리고 저들의 머리를

박살낼 것인가? 이 대지가 그것을 맹세하게 하소서!

불의가 행해진 다음 나의 권리로서 정의를 요구합니다.

대지여 그리고 지하의 명예로운 혼령들이여,

들어주소서!

코로스

대지 위에 뿌려진 피는 또 다른 피를 부르는 것이

영원한 법칙이요. 살인은 복수의 정령을 큰 소리로

부르고, 복수의 정령은 전에 살해된 자들로부터

다른 자의 재앙을 가져오도다.

[스트로피 6.

오레스테스

아 지하 세계의 통치자들이시여, 보시라,

죽은 자들의 강력한 저주들이여, 보시라.

아트레우스 가문의 잔해를. 불명예스럽게

궁전과 집안으로부터 추방당해 어찌할 바

모르는 이 비참한 모습을. 오 제우스여,

우리는 어디로 가야합니까?

[안티스트로피 5

코로스장

이 연민에 찬 탄식을 들으니 내 가슴은

다시 두근거리는구나. 내가 들은 말로 인해

나의 희망은 사라지고 내 마음은 암흑에 휩싸이네.

그러나 희망이 다시 솟아오르며 내게 힘을 줄때,

밝은 빛을 비추며, 비탄을 떨쳐버리네.

[안티스트로피 6

엘렉트라

우리가 견뎌온 바로 그 불행들ㅡ

우릴 낳아준 그 여인에게서 조차 견디어 온ㅡ

그 이상으로 적절하게 탄원할 수 있는 것이

무엇이겠어요? 그 여인이 우리에게 애원한다 할지라도,

그것은 아무런 위안이 되지 않으리. 잔인한 마음의

늑대처럼 어머니로부터 받은 우리의 기질도

무자비하기 때문이지.

[스트로피 7

코로스

키시아15)의 통곡하는 여인들의 관습처럼,

가슴을 치며16) 아리아17)의 만가를 부르노라.

---

15) 키시아는 페르시아의 수시아나(Susiana)지방의 일부이다.
16) 아가멤논이 살해된 시대는 여성들이 동방의 무절제한 애도가들 부르며 통곡을 했
   다.
17) 아리아는 페르시아의 한 지역이다. 헤로도토스는 아리아가 메데스(Medes)의 고대
   이름이었다고 말한다.

빗발치듯 내리치는 주먹 쥔, 이리 저리로 뻗은
내 손이 저 위로부터-저 높이 위로부터-
내려오는 것을 볼 수 있으니, 강타당한 이 가련한
머리가 울릴 때 까지 내려치도다.

[스트로피 8

엘렉트라

잔인하고, 무모한 어머니여!
백성들의 참여와 애도도 없이
잔인하게도 슬퍼하지도 않은 채
당신은 남편을 매장해버렸지요.

[스트로피 9

오레스테스

아 맙소사, 그대의 말은 참담한 불명예를
드러내는군요. 그러나 신의 도움과 내 이 손의
도움으로 부친에게 행한 불명예에 대해
그녀가 속죄를 하게 해서는 안 되지 않을까요?
내가 그녀의 목숨을 앗아가게 해주시오,
그런 다음 내가 죽게 해주시오!

[안티스트로피 7

<u>**코로스장**</u>

그 분이 악랄하게 난도질 당했다는 것을[18]

그대가 알길 바랍니다. 그 상태로 매장을 하면서

그 여인은 그분을 살해한 방식이 그대의 삶에

견딜 수 없는 짐이 되도록, 흉계를 꾸민 것이에요.

그대는 부친에게 가해진 수치스런 모욕에 대해

들었을 것입니다.

[안티스트로피 8

엘렉트라

그대가 말했듯이 우리 부친은 살해당했지요. 그러나 나는

경멸 받으며, 아무 것도 아닌 존재로, 무관심한 채로 있었다오.

마치 악랄한 개인 양, 방안에 갇혀서―웃음 보다

더 잘 나오는―시냇물 같은 눈물을 마음껏 흘렸지요.

펑펑 울면서 몰래 슬픔을 쏟아 내었지요,

내 이야기를 들어주세요. 그리고 아버님 가슴에 새겨 두세요.

[안티스트로피 9

코로스장

그대의 귓속에 깊이 이 이야기가 가라앉게

해주소서. 그러나 영혼의 조용한 확신을 유지하게 하소서.

지금까지는 이러한 상황이었지요. 그러나 앞으로

올 일에 대해서는 그대 스스로 결심을 해야 합니다.

---

18) 살해된 자들의 사지를 잘라 목 주위에 걸고 겨드랑이 아래에 함께 묶어두었던 야
만적인 관습에 대한 비유이다. 겨드랑이 아래에 묶는 이유는 죽은 자들의 영혼이
살해자들에게 복수를 하지 못하게 하기 위함이었다.

굽히지 않는 분노를 지니고 도전에 응해야 합니다.

[스트로피 10

오레스테스

아버님, 부디 청하오니, 아버님 자식과 한 편이 되어주소서!

엘렉트라

그리고 저도 눈물을 흘리며 동생의 목소리에 제 소리를 합칩니다.

코로스장

우리 모두 함께 목소리를 합쳐서 기도를 드립니다.

들어주소서! 빛으로 나와 주소서! 적에 대항해서

우리의 편이 되어주소서!

[안티스트로피 10

오레스테스

전쟁의 신이 전쟁의 신과 맞서게 되리라.

정의가 정의와 맞서게 되리라.

엘렉트라

오 신들이시여, 정의의 탄원을 바르게 판결하소서!

코로스장

그대들의 기도를 들으니 온 몸이 떨리는군요.

운명은 오랫동안 기다리고 있었으니,

이제 이 기도에 대한 응답으로 올 것입니다.

[스트로피 11

코로스

종족에 뿌리 내린 고난과
잔인한 불화의 피 묻은 파멸의 타격이여!
애달프고 가혹한 슬픔이여!
믿을 수 없는 고통이여!

[안티스트로피 11

코로스

이 집안은 슬픔을 치료할 방책을
가지고 있도다—집 밖에서
오는 것도 다른 사람에게서 오는 것도 아닌—
스스로에게서 오는, 잔인한 피의 투쟁에 의한 것이로다.
지하의 신들에게 이 찬가를 바치노라.
지하에 계신 그대 축복받은 영령들이시여,
저희들 탄원에 귀 기울여 주소서, 기꺼이
이 자식들에게 성공으로 이끄는 도움을 보내주소서!

두 번째 에피소드

오레스테스

왕답지 않은 죽음으로 돌아가신 아버님,

저의 기도에 대한 응답으로 아버님 궁전의

통치권을 제게 허락해 주소서!

엘렉트라

저 역시, 아버님, 도움을 청합니다 —

제가 아이기스토스를 파멸시킨 후에

자유롭게 해주소서.

오레스테스

그리되면 아버님을 위해 장례의 의식을 관례대로

행하겠습니다. 그러나 그리되지 않는다면,

대지의 신에게 바치는 풍부하고 맛있는 번제의 축제 때

아버님을 위한 것이 하나도 없게 될 것입니다.

엘렉트라

저 또한 유산을 모두 받게 되면 저의 혼례식 때

아버님의 집으로부터 제주를 가져와 바칠 것입니다.

그 무엇보다도 아버님 무덤을 가장 공경할 것입니다.

오레스테스

오 대지여, 내가 싸우는 것을 보시도록 아버님을 보내 주소서!

엘렉트라

오 페르세포네여, 저희들에게 영광스런 승리를 주소서!

오레스테스

아버님, 그 안에서 당신의 목숨을 잃으신 그 욕조를 기억하소서.

엘렉트라

저들이 아버님을 위해 고안해낸 괴상한 그물을 기억하소서.

오레스테스

아버님은 놋쇠장이가 만들지 않은 족쇄에 채워졌습니다.

엘렉트라

수치스럽게 고안해낸 옷으로 덮여 있었지요.

오레스테스

아버님, 이 같은 수모에도 깨어나지 않으시겠습니까?

엘렉트라

아버님의 그 소중한 머리를 들지 않으시렵니까?

오레스테스

아버님께 소중한 사람들을 위해 싸울 정의를 보내주시던가

아니면 저희가 저들을 같은 수법으로 붙들도록[19] 허락해 주십시오,

패배 후에 아버님께서 참으로 승리를 쟁취하시려면.

엘렉트라

그러니 아버님, 당신의 무덤에 엎드려있는

당신의 병아리들을 보시면서 저의 마지막 청원에

귀 기울여 주소서. 아버님의 자식인 이 딸과 아들에게

연민을 지니시기를. 그리고 펠롭스 가문의 씨가

사라지지 않게 하소서. 그러면, 아버님은 돌아가셨지만

돌아가신게 아닙니다. 사람이 죽는다 해도 자식들은

그에게 구원의 목소리입니다. 그물에 달린 코르크처럼

그물이 바다에 가라앉는 것을 막고 떠오르게 합니다.

---

19) 오레스테스는 클리타이메스트라와 아이기토스가 속임수로 아가멤논을 잡은 것처
럼, 자신도 그들을 잡아서 죽일 수 있게 되기를 기도한다.

들어 주소서! 아버님 자신을 위해서 우리는 이같이

탄원합니다. 우리의 탄원을 소중히 여기시면, 아버님이

자신을 구하시게 됩니다.

코러스장

진실로, 그대들의 탄원은 만가도 불러주지 않았던

이 무덤에 존경심을 표하는데 충분합니다.

이제 남은 것은 그대들의 가슴이 행동을 하기로 한 이상,

그대들의 운명을 시험해 보는 것이니 행동을 하도록 하세요.

오레스테스

그렇게 할 것이오. 그러나 어떤 동기에서 그 여인이

치유할 수 없는 행위에 대한 보상으로 너무도 뒤늦게

제주를 보낸 것인지를 묻는 것은 잘못된 일은 아닐 것이오.

의식이 없는 죽은 자에게 이것은 소용없는 부탁이오.

이것의 중요성을 내가 알 수는 없지요.

이 제물은 악행에 비하면 너무도 보잘 것이 없군요.

왜냐하면, 한 번의 피를 흘리게 한 행위에 대해

그가 가진 모든 것을 쏟아 부어 속죄를 한다 해도

다 소용없는 일이니까요. 옛말에도 그렇지요.

그대가 참으로 알고 있다면, 설명해 주시오.

나는 꼭 알고 싶소.

코로스장

알고 있다오, 나의 자식이여, 그곳에 있었으니까요.

그 여인은 꿈과 밤의 배회하는 공포로 인해

겁을 먹고는 이 제물들을 보낸 것이지요. 비록 신을

두려워하지 않는 사람이긴 하지만.

오레스테스

정확하게 말해 줄 수 있을 만큼 그 꿈의 내용을 알고 있소?

코로스장

뱀을 낳는 꿈을 꾸었다고―그녀 자신이 그렇게 말했지요.

오레스테스

어떻게 끝이 나며, 요점은 무엇인가요.?

코로스장

마치 아기인 양 강보에 뉘였다고 합니다.

오레스테스

갓 태어난 그 흉측한 것이 어떤 먹이를 원했다고 했소?

코로스장

꿈속에서 그것에게 젖을 물렸다고 합니다.

오레스테스

그 흉측한 짐승이 젖꼭지에 상처라도 입히지는 않았소?

코러스장

그래요. 젖과 함께 핏덩이를 빨았다고 합니다.

오레스테스

분명코, 이것은 의미가 없는 것이 아니오―그 환영은

어떤 남자를 뜻하는 것이오!

코로스장

그녀는 비명을 지르고, 공포에 떨며 잠에서

깨어났지요. 그러자 어둠 속에 꺼져있던

수많은 등불들이 안주인을 안심시키기 위해
집안을 환히 밝혔지요. 그리고 나서 죽은 자를 위한
이 제물들을 보냈답니다. 자신의 고통에 대한
충분한 치유가 되길 희망하면서요.

오레스테스

그렇다면 이 대지와 아버님의 무덤을 향해 이 꿈이
내 안에서 성취되기를 기원합니다. 내가 해석하기로는
이것은 모든 점에서 들어맞소. 만약 그 뱀이 나와
같은 장소에서 나와서, 내가 쓰던 포대기에 싸여 있었고,
나를 먹였던 가슴을 빨려고 입을 벌리고서, 그녀가
공포에 질려 비명을 지르는 사이, 핏덩이를 달콤한
젖에 섞었다면, 그렇다면 분명코, 그녀가 무시무시한
그 불길한 것에 젖을 먹인 것처럼, 그녀 또한
죽어야 할 것이요－폭력에 의해서. 왜냐하면, 이 꿈이
말하고 있듯이, 내가 뱀으로 변해 그녀의 살인자가
될 것이기 때문이오.

코로스장

나도 괴물에 대한 당신의 풀이에 동의합니다.
그렇게 되기를! 나머지는 그대의 친구들에게 각자의
역할을 주세요. 누가 무엇을 하고, 무엇을 하지 말아야
하는지를 알려 주세요.

오레스테스

간단한 이야기에요. 누님은 안으로 들어가셔서,

계책으로 그들이 고귀한 분을 살해했듯이
그들도 계책으로 잡혀서 똑같은 덫에 걸려
죽게 하려는 우리의 계획을 숨기고 계세요.
록시아스가 천명했듯이 예언자이신 아폴론 신께서는
전에도 결코 거짓말을 하신 적이 없으니까요.
모든 준비를 갖추고서 타국인의 모습으로
나는 궁의 바깥문으로 갈 것이오. 그리고 당신들이
보는 여기 필라데스도 이 집안의 손님이자 동맹자로서
함께 갈 것이오. 우리 두 사람은 포키스 말을 흉내내서
파르나소스 말을 할 것이오. 그리고 만약 이 집안이
하늘의 재앙을 받고 있다는 이유로, 집안의 문지기 가운데
한 사람이라도 우리를 환영하지 않을 경우에는 우린
기다릴 겁니다. 누군가 이 집을 지나가다가 이를 알아채고는
"집안에 있는 아이기스토스가 알고 있으면서도 탄원하러 온
사람을 문 밖에 세워 둔다는 것이 정말인가"라고 말할 때까지.
그러나 만약 내가 문의 가장 바깥 문턱을 넘어서
그 자가 내 아버님의 왕좌에 앉아 있는 것을 발견한다면,
혹은 그가 나와 마주보려고 다가오면서—잘 들어요!—
눈을 위아래로 굴리면서 "어느 곳에서 온 나그네이신가?"라고
말하기도 전에, 내 빠른 칼로 그자를 두 동강이 내 죽여
버릴 것이오. 핏덩이의 부족함이 없는 복수의 정령도
섞이지 않은 세 번째로 가장 좋은 피를 마시게 될 것이오.

이제 엘렉트라 누님께선 이 집안에서 무슨 일이 벌어지고
있는지 빈틈없이 망을 보아주세요. 그리하여 우리의 계획이
잘 맞아떨어지도록 해주세요. 그대들은 [코로스에게 말한다]
혀를 신중하게 간수해 주시오―필요할 때는 침묵을 지키고
상황이 요구할 때만 말하시오. 나머지 일들을 대해서는
내 그 분20)께 청하여 이쪽으로 시선을 돌리시어 내가
올바르게 칼을 쓸 수 있도록 인도해 주십사 할 것이오.

오레스테스, 필라데스, 엘렉트라 퇴장

두 번째 스타시몬

[스트로피 1

코로스

수많은 사악하고 끔찍하고 무서운 것들이
대지에서 자라고, 바다의 품 안에는
증오스런 괴물들이 우글거린다.
마찬가지로 하늘과 땅 사이에서 공중에
높이 매달린 불21)이 떨어진다. 날개 달린 것들과

---

20) 오레스테스의 수호신인 아폴론. 그의 동상이 궁전 앞에 서 있다.

대지를 걷는 것들 역시 회오리 바람의
격렬한 분노를 말한다.

[안티스트로피 1

그러나 남자의 용감한 정신이나,
인간에게 고통을 주는 무딘 영혼을 지닌
여자의 무모한 정념에 대해서는
누가 말 할 것인가? 여자를 정복한
무분별한 정열은 짐승과 인간 다같이
결혼의 화합을 파멸시키는 승리를 얻는다네.

[스트로피 2

이해하는데 있어 경솔하지 않는 자가 있다면
이 사실을 알게 하라. 테스티오스의 무정한 딸22)이
계획한 불붙인 장작의 계교를. 그녀는 아들이
어미의 자궁에서 나와 큰 소리로 울던 순간부터,
그와 함께 나이를 먹으며, 예견된 운명의 날까지
일생을 함께 하게 될 불 꺼진 장작을 불태워

---

21) 유성
22) 아이톨리아의 왕 테스티오스의 딸이요 칼리돈의 왕 오에네우스의 아내인 알타이아
   는 아들 멜레아그로스가 생후 1주일이 되었을 때 운명의 신으로부터 화덕에 있는
   장작이 다 타버리면 아들은 죽게 될 것이라는 말을 듣고 장작의 불을 꺼서 잘 감
   추어두었다. 그러나 청년이 된 아들이 사냥의 공을 놓고 다투다가 외삼촌들을 죽
   이자, 알타이아는 감추어 두었던 장작을 불 속에 던져 아들을 죽게 한 후 자살한
   다.

아들의 죽음을 가져왔도다.

[안티스트로피 2

또 다른 여인23)의 이야기는 혐오스런 주제의
처녀 이야기로, 그녀는 원수를 위해서 자신에게
소중한 사람을 파멸 시켰도다. 그녀는 미노스의
선물인 금으로 만든 크레테의 황금목걸이에 혹해서,
부왕 니소스가 안심하고 잠이 들었을 때 그를
영생케 하는 머리털을 자른 것이니─개의 마음을
지닌 여인이었다. 그리하여 헤르메스24)가
그를 데려간 것이다.

[스트로피 3

잔혹한 고통에 대한 이야기들을 생각해 냈으니,
이제는 사랑이 없는 결혼, 가문에 대한 혐오감,
그리고 적들의 존경을 받는 무사인 남편에 대해
간교한 흉계를 꾸며낸 아내에 대한 이야기를 할
적절한 때이군요. 그러나 나는 정염의 불길을
모르는 가정의 화덕과 대담한 행동에 움츠러드는
영혼을 지닌 여인을 존경합니다.

---

23) 메가라의 왕 니수스가 크레테의 왕 미노스에게 포위당했을때, 미노스를 사랑하고
　　있었던 니수스의 딸 스킬라는 미노스가 준 황금 목거리에 팔려서, 부왕이 잠든 사
　　이 그의 목숨이 달려있는 자주빛 머리털을 잘라버려서. 니수스가 죽게 만든다.
24) 헤르메스는 하데스에게 죽은 자의 영혼을 인도해주는 신이다.

모든 범죄 가운데 렘노스 사람들의25) 것이

가장 으뜸가는 것이오. 오랫동안 가장 혐오스런

재앙이라고 탄식하며 이야기되어 왔으니.

모든 새로운 공포는 렘노스 사람들의 범행에

비견되어 왔다오. 신들도 혐오하는 그 비탄스런

행위로 인해 그 종족은 인간 사이에서도 불명예스럽게

쫓겨나서 사라져 버렸소. 신의 미움을 사는 것은

어느 누구도 존중하지 않기 때문이지요. 이 이야기들

가운데 어느 하나라도 내가 정당치 않게 인용한 것이 있나요?

[스트로피 4

정의의 여신의 명에 따라 예리하고 무서운 칼날은

가슴 가까이 가서 정확히 심장을 찌르네.

제우스의 최상의 위엄을 불경스럽게 위반하는 자의

불경스러움은 참으로 발굽아래 밟혀 뭉개져 버린다네.26)

[안티스트로피 4

정의의 여신의 모루는 확고하게 세워졌도다.

운명은 그녀의 무기를 마련하고, 칼을 때맞춰

---

25) 렘노스의 여인들은 트라키아 노예들을 질투해서 그 남편들을 모두 살해했다. 그래
서 아르고선의 수부들이 이 섬을 찾았을 때는 남자가 한 명도 없었다.
26) 이 해석이나 다른 어떠한 해석들도 원본의 어려움을 해결해주지는 못한다.

만들어내는구나. 그리고 생각이 깊은 유명한
복수의 여신은 아들을 집으로 들여 보내 마침내
그 옛날 흘린 피에 대해 보복하게 하는구나.

세 번째 에피소드

오레스테스와 필라데스 궁전 앞으로 다가간다.

오레스테스

여보시오, 거기 아무도 없는가! 문 두드리는 소리를

듣는 사람이 없소? 집안에 아무도 없소?, 여보시오, 여보시오,

다시 한 번 말하노니, 집안에 아무도 없소? 이제 세 번째로

사람을 부르니, 만약 아이기스토스의 의지로 나그네를

환대한다면 누군가 집 안에서 나오도록 하시오.

문지기

네, 네, 듣고 있습니다. 나그네는 어느 곳 출신이며,

어디서 오시는 길인가요?

오레스테스

집 주인들에게 전하도록 하라. 그 분들에게 내가

소식을 가지고 왔노라고. 그러니 서두르도록 하라.

밤 마차가 어둠을 타고 속력을 내고 있으며,

나그네가 환대를 해주는 집에서 닻을 내릴 시간이니까.

이 집안을 다스리는 누군가가 나오시도록 하라.

집안을 다스리는 안주인 보다는 바깥주인이 더 좋겠다.

체면 차리는 일로 해서 말 뜻이 모호해지지 않을 테니까.

남자 대 남자로 솔직히 이야기하면 말 뜻이 분명해 질 터이니.

문지기 퇴장하고, 클리타이메스트라 하녀를 데리고 등장한다.

클리타이메스트라

나그네들이여, 필요한 것을 말만 하세요. 우리는

이 집에 어울리는 모든 것이 있답니다. 따뜻한 목욕과,

피곤을 사라지게 만드는 잠자리와, 세심한 배려의

눈길하며. 허지만, 이것 말고 중요한 의논을 요하는

일이라면, 그건 남자들의 관심사이니, 그들에게

전달하도록 하지요.

오레스테스

나는 포키스의 다울리아에서 온 나그네입니다.

내가 볼일로 해서 짐을 지고 아르고스로 오는 길에

—여기서 나는 여행을 마쳤지만—어떤 낯선 사람을

만났지요. 우린 서로 낯이 설었지요. 그가 내 갈 길을

묻고 자기 갈 길을 말하더군요. 그는 포키스 출신의

스트로피오스라고 하더군요. (이야기를 나누던 중

그 이름을 알게 되었지요), 내게 말하기를, "나그네여,

72

어찌되었든 그대가 아르고스로 가신다고 하니,
내 전언을 소중히 간직했다가 그의 부모님들에게
말해주시오. '오레스테스는 죽었다'고. 부디 잊지 마시오.
친구들이 그의 유해를 집으로 데려올 것인지, 아니면
영원한 이방인으로서 그가 머물던 곳에 묻을 것인지에
부모님이 결정 내린 바를 전해 주시오. 그러는 동안
깊은 애도의 눈물을 흘리게 했던 남자의 유해는
청동 항아리 안에 잘 보관되어있으니까요."
내가 들은 대로 다 이야기 했습니다. 이 문제와 관련이 있고
또 관심을 갖는 분들에 말하고 있는 것인지는 모르지만,
그의 부모님들은 이 사실을 아셔야만 합니다.

클리타이메스트라

아 맙소사! 그대 이야기는 완전한 파멸을 뜻하는군요.
오 이 집안을 떠나지 않는 저주여—대결하기에는
너무도 벅차는구나—너는 얼마나 멀리 보는가!
해악을 피해 안전하게 있는 것도 너는 멀리서
잘 겨냥한 화살로 맞혀 버리는구나. 그래서 이
불행한 여인에게서 사랑하는 이들을 빼앗아 가다니.
이제는 오레스테스를—현명한 충고 덕택에
파멸의 진흙 창에 발을 들여 놓지 않았었는데—
그러나 이제, 이 집안의 사악한 환락을 치유해주리라는
희망이 우릴 버렸다고 그대는 말 하는군요[27].

오레스테스

　　저로서는 이처럼 번성한 집안의 주인들에게
　　좋은 소식을 가져와 환대를 받았더라면 했습니다.
　　손님과 주인사이의 호의보다 더 큰 호의가 어디
　　있습니까? 허나 약속을 했고, 환대를 받으면서
　　친구들을 위해 이 같은 부탁을 이행하지 않는 것은
　　신성한 의무를 깨뜨리는 것이라고 생각합니다.

클리타이메스트라

　　안심하세요. 그대가 당연한 보상을 받지 못하거나,
　　이 집의 환대를 덜 받는 일은 없을 것이에요―
　　누군가가 그 전언을 가지고 왔을 터이니까요.
　　자 이제는 하루 종일 여행을 한 나그네들이
　　적절한 대접을 받아야할 시간이군요. [하인에게]
　　손님들이 환대받으며 머물 수 있는 방으로
　　이 분과 시종들과 동행인을 안내해 드리도록 하라.
　　그리고 우리 집에 어울리는 접대를 하도록. 내 명이니
　　어김없이 따르도록 하라. 그동안 나는 집 주인에게
　　이 소식을 알리겠다. 그리고 친구들이 많으니,
　　이 일을 의논해 보겠다.

---

27) 저주의 신들이 벌이는 사악한 환락이 종말을 고할 것이라는 희망이 사라져 버렸다
고 클리타이메스트라는 말하고 있지만, 속으로는 엘렉트라의 소망, 즉 동생이 돌아
와서 이 모든 보기 흉한 환락을 끝내 버릴 것이라는 소망이 좌절된 것을 기뻐하고
있다.

코로스장

오 이 집안의 충성된 하녀들이여,

오레스테스에게 도움을 줄 수 있는 힘이

우리의 입술에 있다는 것을 보여 주려면

얼마나 더 오래 기다려야 할 것인가?

오 신성한 대지여, 함대 사령관의 위엄 있는 모습 위로

높이 솟은 신성한 무덤이여, 이제 들어 주소서,

이제 도움을 주소서! 지금은 설득의 여신이

계략을 가지고 그와 대결을 시작하고,

몰래 일하는, 하계의 헤르메스가 죽음의 칼이

대결할 것을 지시할 시간입니다.

오레스테스의 유모 등장

우리 나그네가 끔찍한 일을 하고 있는 것 같군요.

저기 오레스테스의 유모가 눈물을 흘리며 오네요.

킬리사[28]! 궁전 문을 나서서 어디로 갑니까?

삯을 내지 않는 슬픔을 길동무로 삼다니 어찌된 일인가요?

유모

안주인께서 지체 없이 아이기스토스를 나그네들에게

모셔다 드리라고 명령하셨어요. 남자들끼리 대면하면

방금 가져온 소식을 보다 자세하게 알게 될 것이라고요.

---

28) 노예의 이름은 대개 그들의 모국의 이름에서 가져왔다.

하인들 앞에선 슬픈 모습을 보이고 있지만, 속으로는
기쁜 일이 일어난데 대해 웃음을 숨기고 있어요―
그러나 이 집안을 위해선 나그네들이 분명하게 말하고 있는
이 소식은 완전한 파멸이랍니다. 그자는, 확신컨대,
이 소식을 들으면 기뻐 날 뛸 것이에요. 아 비참한 내 신세여!
이 아트레우스 집안에 떨어진 견디기 힘든 온갖 종류의
오랜 고난들이 내 가슴을 얼마나 아프게 해 왔던가!
그러나 이번 같은 충격은 여태껏 겪어본 적이 없어요.
다른 모든 고난들은 묵묵히 참아 왔지요. 그런데 사랑하는
오레스테스, 그 아이에겐 내 영혼을 바쳤지요. 그 아이가
태어나자 어머니로부터 받아 내가 키웠지요. 큰 소리로
급하게 울어 나의 평온을 깨뜨릴 때면 많은 힘든 일들이
내가 애를 써도 소용이 없었지요. 지각이 없는 아이는
마치 어리석은 짐승처럼 다루어야 하니까요. 기분에 맞추어서
길러야만 하지요. 아직 포대기에 싸인 어린애일 때에는
배가 고픈 것인지, 목이 마른 것인지 아니면 변을
보려는 것인지 전혀 말을 하지 못하니까요. 아이들의 배는
제 멋대로지요. 이런 필요들을 난 미리 알아서 해드렸지만,
그래도 역시 여러 번 실수를 해서 아기의 속내의를
세탁해야만 했어요. 세탁부와 유모의 일은 같지요.
이 두 가지 일을 했기에 그 아버지가 오레스테스를 내게 맡겼지요.
이제 그 아이가 죽었다는 소리를 들으니 비참하기 그지없군요.

허지만 이 집안에 파멸을 불러온 자를 데리러 갑니다. 그 자는

이 소식을 들으면 얼마나 좋아 할까요.

<u>코로스장</u>

안주인은 그 자더러 어떻게 준비하고 오라고 명령하던가요?

<u>유모</u>

어떻게－준비하라니요? 말뜻을 잘 알아듣도록 다시 한 번

말해 주세요.

<u>코로스장</u>

호위병들을 데리고 오라는 것인지, 아니면 혼자 오라는 것인지요.

<u>유모</u>

창 쓰는 호위병들과 함께 오라고 명령하셨어요.

<u>코로스장</u>

그 말을 우리가 증오하는 주인에게 전해서는 안 됩니다.

그러나 혼자서 빨리 기쁜 마음으로 오라고 말하세요. 그러면

놀라지 않을 것입니다. 왜냐하면 전령의 말 속에서 잘 못된 전언도

바르게 될 수 있는 법이니까요[29].

<u>유모</u>

뭐라고요! 그대도 이 소식을 듣고 기뻐한단 말입니까?

<u>코로스장</u>

제우스께서 마침내 우리의 역풍을 바꾸도록 하신다면,

왜 아니겠어요?

<u>유모</u>

---

29) 아이기스토스에게가 아니라 유모에게 하는 격언으로 '전령의 입을 통해 전달되면
서 전언은 그가 뜻하는대로 바뀔 수 있다'는 의미이다.

아니, 어떻게 그럴 수 있나요? 이 집의 희망인 오레스테스가
죽었어요.

<u>코로스장</u>

아직은 아니에요. 그런 예언을 한 자는 형편없는 예언자에요.

<u>유모</u>

무슨 말인가요? 그대는 알려진 것 이외의 것을 알고 있습니까?

<u>코로스장</u>

가서, 소식을 전하세요! 그대에게 부탁한대로 하세요! 신들께선
그들이 보살필 일들을 하실 테니까요.

<u>유모</u>

좋아요, 가서 그대가 부탁한대로 하지요. 신들의 축복으로
모든 일들이 다 잘되었으면!

유모 퇴장한다

세 번째 스타시몬

[스트로피 1

<u>코로스</u>

이제 나의 탄원을 드려야지,

오 올림포스 신들의 아버지인 제우스여,
이 집안의 행운이 확고하게 세워지도록 해 주소서,
그리하여 정당하게 질서의 통치를 갈망하는 자들이
그것을 볼 수 있도록 하소서. 제가 한 이 모든 말들은
정의롭습니다. 오 제우스여 이것을 지켜주소서!

오 제우스 신이여, 궁전 안에 있는 그를
적들 앞에 세워 주소서. 그를 위대하게 만들어 주신다면,
기꺼이 두 배, 세 배로 보답 할 것입니다.

[안티스트로피 1

그대가 사랑하시던 이의 망아지가
고아가 되어 절망의 마차에 매어있는
모습을 생각해 주소서. 그가 달리는 것에
한계를 정하시고, 목표를 달성하려는
성급한 걸음을 억제해서, 침착하게 걷는 것을
지켜 볼 수 있도록 해 주소서!30)

[스트로피 2

풍요로움이 넘치는 궁 안 깊숙한 방에
거주하시고, 우리와 같이 느끼시는 신들이시여,
들어 주소서! 새로운 보답으로 옛날에 저질러진

---

30) 그(오레스테스)가 서두르지 않고 때를 기다리도록 해달라는 뜻.

살인 행위를 구원해 주소서. 나이든 살인이
더 이상 이 집안에서 자식을 낳지 못하게 해주소서!

웅장하고 아름답게 지어진 동굴31)에 거주하시는 그대여,
그 사람의 집이 즐거움 속에 눈을 들어 올릴 수 있도록
우울의 베일을 걷어내고 즐거운 눈으로 자유의
눈부신 빛을 볼 수 있도록 해 주소서!

[안티스트로피 2

마이아의 아들32)이시어, 그가 공정하게 하도록
도와주소서, 그 누구도 마음먹은 바 그대보다
일이 더 잘 순조롭게 되도록 할 수는 없나이다.33)
그러나 그대는 신비로운 말로 밤에는 인간의 눈에
어두움을 가져오고, 낮이라고 조금도 선명하게
하지는 않지요.

[스트로피 3

그러면 마침내 우리는 큰 소리로
이 집안의 구원의 노래를 부르리라.

---

31) 델포이에 있는 아폴로의 신전 안쪽에는 좁은 동굴 내지는 지하실이 있었는데 갈라
   진 틈새 사이에 삼각대를 세워놓고 그 위 널판자에는 여사제가 앉아 있었다고 한
   다.
32) 책략의 수호자요, 웅변의 신인 헤르메스
33) 마음만 먹으면 그 (헤르메스)는 감춰진 많은 다른 것들도 명료하게 만들 수 있다는
   뜻.

80

애도하는 날카로운 노래가 아니라,
순풍이 불도록 여인들이 부르는
노래를—"배는 잘 나간다. 내게도
이득을 가져왔구나, 사랑하는 이들로부터
재앙은 멀어졌도다."
그대는 용기를 내서 행동하시라. 행동을 할 때가 되어,
그 여인이 "아들아"하고 소리칠 때,
"아버님"하고 그 이름을 크게 외치고서
결백한 파멸의 행위를 해치우라.

[안티스트로피 3

그대 가슴 속에 높이 페르세우스의 기상을
세우고서 지하와 지상에 있는 소중한 이들을 위해,
집 안에 피비린내 나는 파멸과 죽음을 가져온
죄지은 자들을 철저히 파괴해서 그들의 무서운
분노를 만족시키시라.

네 번째 에피소드

아이기스토스 등장

아이기스토스

전령의 말을 듣고 왔노라. 이 놀라운 소식이 내가 듣기로는

여기에 온 어떤 나그네들이 한 말인데, 환영할 것은 못되는구나

—오레스테스가 죽었다고 하니. 예전의 살인으로 인한 상처로

아직도 심한 고통을 당하고 있는 이 집안에 이 소식은 두려운 짐을

지게 하는구나. 이 이야기가 진실로 사실이라는 것을 어떻게

믿을 수 있단 말인가? 공포에 놀란 여인들이 퍼뜨린 소문으로

떠돌다가 아무것도 아닌 채로 시들어 버리고 말 것은 아닌가?

이 말을 명백하게 이해하기 위해서 너희들은 내게 무엇을

말해 줄 수 있느냐?

코로스장

우리도 그 이야기를 들었습니다. 그것은 사실입니다.

그러나 안으로 들어가서 나그네들에게 물어보십시오.

전령의 보고가 확실하다해도 당사자에게 직접 물어보는 것에

견줄 수는 없습니다.

아이기스토스

전령을 만나서 그에게 다시 물어봐야겠다. 자신이 직접

죽음의 현장에 있었던 것인지, 아니면 그가 들었던

분명치 않은 소식을 되풀이 하는 것에 지나지 않은지.

방심하지 않는 마음은 속일 수 없다는 것을 확실히 해야지.

퇴장

코로스

오 제우스여, 오 제우스, 무슨 말을 해야 합니까?

신들에게 청원하는 이 기도를 어떻게 시작해야 합니까?

저의 충성스런 열정으로 어떻게 하면

필요에 합당한 말을 찾을 수 있습니까?

지금은 살육으로 피 묻은 칼이 아가멤논의 집안을

완전히 파멸시키거나, 아니면 자유를 위한 횃불을 켜든

오레스테스가 자신의 영토에 대한 통치권과

선조들의 풍요로운 재산을 쟁취하게 될 순간입니다.

이 승부에서 우리의 용감한 오레스테스는 도움도 없이

두 사람을 대적해야 합니다. 그러니 그가 승리하도록 해 주소서!

궁 안에서 비명소리가 들린다.

아이기스토스

(안에서) 아! 아! 슬프도다!

코로스장

잠깐만! 어떻게 된 일인가? 이 집안을 위해서

어떠한 결정이 난 것일까? 이 끔찍한 일에

가담한 혐의가 없도록 모든 일이 해결될 때까지

멀리 떨어져 있도록 합시다. 싸움은 이제

결판이 났을 터이니까요.

코러스 옆으로 물러선다. 그때 아이기스토스의 시종이
급히 들어온다.

시종

슬프도다, 오 슬프도다! 나의 주인님이 살해당했어요!

슬프도다! 다시 한번, 세 번째로, 외칩니다. 아이기스토스님은

돌아가셨어요! 자, 빨리 문을 열어요! 여인들 처소의 빗장을
열어요! 건장한 젊은이가 필요합니다. 그러나 이미 살해된
사람을 돕기 위한 것은 아닙니다. 그렇다면 무슨 소용이 있을까요?
여보세요! 내가 귀먹은 자들에게 외치고 있고 잠들어 있는
자들에게 헛되이 소릴 지르고 있는 건가요? 클리타이메스트라
마님은 어디로 가셨나요? 무엇을 하고 계시지요? 칼날 끝에
가까이 있는 그분의 목도 일격에 내동댕이쳐질 것이
분명한데 말이죠.

클리타이메스트라 시종을 거느리지 않고 급히 온다.

클리타이메스트라

무슨 일이냐? 무슨 일로 집 안에서 소리를 지른단 말이냐?

시종

죽은 자들이 산자를 죽이고 있습니다[34].

클리타이메스트라

아, 슬프도다! 그 수수께끼의 말뜻을 알겠다.
간계로 살인을 한 우리들이 간계로 인해 죽게 되는구나.
누가 전투용 도끼를 가져 오너라, 빨리!
우리가 승리자가 될 것인지 아니면 패배할 것인지
알아보자. 이 끔찍한 싸움에서 여기까지 왔으니.

시종 퇴장. 궁전 문이 열리고 아이기스토스의 시신이 보인다.
그 곁에 오레스테스가 서있고 좀 더 떨어진 곳에 필라데스가 서있다.

---

34) 그리스어로는 두 가지 해석이 모두 가능하다. "죽은 자들이 산 자를 죽이고 있습니다." 또는 "산 자들이 죽은 자들을 죽이고 있습니다."

오레스테스

그대가 바로 내가 찾고 있는 사람이오. 저기 있는—저자는

응분의 대가를 받았소.

클리타이메스트라

맙소사! 죽다니, 용감한 아이기스토스여, 나의 사랑하는 이여!

오레스테스

저자를 사랑한다고요? 그렇다면 같은 무덤 안에 당신도

눕게 될 것이요. 그렇게 되면 죽어서도 저자를 버리지

못할 터이니까.

클리타이메스트라

멈추어라, 내 아들아! 잠을 자면서도 이 없는 잇몸으로 마음껏

젖을 빨아먹던, 아들아, 이 젖가슴에 자비를 베풀어다오.

오레스테스

필라데스, 어떻게 해야 되지? 자비를 베풀어 어머니를

살려줘야 하나?

필라데스

그렇다면 피토에서 선포했던 록시아스의 예언은 어떻게 되며,

맹세를 한 우리들의 서약을 어떻게 되겠는가? 모든 인간을

그대의 적으로 만들지라도, 신들을 적으로 만들지는 말게.

오레스테스

자네가 이겼네, 자네는 좋은 충고를 해 주었네. [클리타이메스트라

에게]

이리로 오시오! 저자의 바로 곁에서 그대를 죽이려하오.

저자가 살아있을 때에도 내 아버지보다는 저자를 더 사랑했으니,

죽어서도 저자 곁에 잠드시오. 저자를 사랑했고,

사랑했어야만 했던 사람은 증오했으니까.

클리타이메스트라

너를 키운 것은 나다. 그리고 너와 함께 늙어가고 싶구나.

오레스테스

뭐라고요! 나의 아버님을 죽이고 그리고도 나와 함께 살겠다고요?

클리타이메스트라

내 아들아, 운명도 이 일에 책임이 있단다.

오레스테스

그렇다면 그대의 죽음을 가져오는 것도 마찬가지로 운명이지요.

클리타이메스트라

어미의 저주에 대한 경외심도 없느냐, 내 아들아?

오레스테스

나를 낳아주었지만, 불행 속으로 던져 버렸어요.

클리타이메스트라

그렇지 않단다. 분명코 너를 우리의 친구에게 보낸 것이지,

내버린 것이 아니란다.

오레스테스

나는 자유인의 아들인데도 비참하게 팔려갔어요.

클리타이메스트라

그렇다면 너를 팔아치운 대가가 어디 있단 말이냐?

오레스테스

수치스러우니 그 일을 낱낱이 비난하는 것은 그만 두겠어요.

클리타이메스트라

아니다, 그렇다면 네 아버지의 어리석음도 마찬가지로

천명해야만 한다.

오레스테스

그대가 집안에서 빈둥대고 있는 동안 밖에서 애쓰셨던

아버님을 비난하지 마세요.

클리타이메스트라

여자가 남편 없이 지낸다는 것은 잔인한 일이란다, 내 아들아.

오레스테스

그러나 아내들이 집안에 있는 동안 그들을 부양하는 것은

남편들의 노고입니다.

클리타이네스트라

내 아들아, 넌 이 어미를 죽이려고 결심을 한 듯 보이는구나.

오레스테스

당신을 살해하는 것은 당신 자신이지, 내가 아니오.

클리타이네스트라

명심하거라, 어미의 복수를 하려는 격노한 사냥개들을 조심하거라.

오레스테스

이 행위를 하지 않는다면, 그렇다면 아버님의 사냥개들은—내가

어떻게 그들을 피할 수 있나요?

클리타이메스트라

살아있는 내가 헛되이 무덤 앞에서 눈물로 호소하는 것과

같구나35).

오레스테스

그렇소, 이런 저주를 그대에게 내린 것은 아버님의 운명이오.

클라이메스테라

아, 이것이 내가 낳아 젖을 빨린 뱀이로구나!

오레스테스

그렇소, 그대의 꿈속에서 공포는 진정한 예언자였소.

그대는 죽여서는 안 될 사람을 죽였소. 그러니

받지 말아야 할 고통을 당하시오.

> 그는 강제적으로 클리타이메스트라를 궁 안으로 데려간다.
> 필라데스가 뒤따른다.

코로스장

참으로 이들 두겹의 죽음을 슬퍼하노라.

그러나 용감한 오레스테스가 수많은 유혈의 행위의

정상에 올랐으니, 차라리 이렇게 받아들여야 할 것이로다

이 집안의 눈이 완전히 멸망하지는 않았구나라고.

네 번째 스타시몬

[스트로피 1

---

35) "무덤 앞에서 우는 것"은 곧 "무덤 앞에서 우는 것은 바보 앞에서 우는 것과 마찬
가지다" 라는 뜻이다.

프리아모스와 그의 아들들에게 마침내 정의가

결정적인 보복을 가하였듯이,

아가멤논의 집안에도 두 마리 사자로 인한

두 번의 살인이 일어났도다.[36]

피토의 신에게 탄원했던 추방자는

신들의 정당한 명령에 따라서

그의 행로를 끝까지 마쳤도다.

우리 주인님의 집안이 불행에서 벗어나고,

오염된 한 쌍에 의해 재산을 탕진하는

슬픈 운명에서 벗어난 것에

승리의 함성을 울리자!

[안티스트로피 1

비밀스런 공격에 대해 교묘한 복수를 하려는 자가

돌아 왔도다. 싸움에서 그의 손을, 적들에게

죽음의 분노를 불어넣은 제우스의 참된 딸이

인도하도다. 우리 중생들은 참으로 적절하게도

그분을 정의의 여신이라 부르노라.[37]

---

36) "두 마리" 사자란 클리타이메스트라와 아이기스토스를 가리키며, 이들을 살해한
    것이 이중의 살인이 된다.
37) 정의를 뜻하는 말은 '제우스의 딸'이라는 말에서 유래되었다.

우리 주인의 집안이 불행에서 벗어나고,
오염된 한 쌍에 의해서 재산을 탕진하는
슬픈 운명에서 벗어난 것에
승리의 함성을 올리자!

[스트로피 2

파르나소스의 웅장한 동굴 신전의 거주자이신
록시아스 큰 소리로 선포하시네.
간계 아닌 간계로 만성이 되어버린
악행을 공격하라고. 신의 말씀이 성공해서
사악한 자들에게 봉사하지 않도록 해 주소서!
신들의 통치를 공경하는 것은 옳은 일이라네.

보라, 빛이 나도다.
이 집안을 억누르고 있던 잔인한 재갈이
벗겨졌도다. 집이여 일어나라! 너무도 오랫동안
바닥에 엎드려 있었구나.

[안티스트로피 2

재앙을 몰아내는 정화의 의식으로 오염된 것들을
화덕에서 전부 씻어내면, 만사가 성취되는
시간이 곧 집안의 문턱을 넘어서게 되리라.
운명의 주사위도 바뀌어서, 이 집안에 새로 오는

사람들에게 좋은 감정을 갖는, 보기에 아름다운
얼굴로 바뀌게 될 것이네.

보라, 빛이 나도다.
이 집안을 억누르고 있던 잔인한 재갈이
벗겨졌도다. 집이여 일어나라! 너무도 오랫동안
바닥에 엎드려 있었구나.

엑소더스

탄원자의 나뭇가지와 양털로 된 화환을 들고서 두 사람의 시신 옆에
서있는 오레스테스. 그와 함께 필라데스와 아가멤논의 겉옷을 전시하고
있는 시종들이 보인다.

오레스테스

이 땅의 폭군인 이 한 쌍을 보시오. 이들은 나의 부친을
살해하고 내 집안 재물을 탕진하였소! 왕좌에 있을 때는
이들도 한때 위엄이 있었고, 이들에게 닥친 운명으로
판단하건데 아직도 사랑하고 있겠지요. 이들은 맹세를
충실히 지켰으니까요. 이 두 사람은 함께 불쌍한 아버님을

살해하기로 맹세하였고, 함께 죽기로 맹세하였소.
그러니 맹세를 충실히 지킨 셈이지요.
자, 이제 다시 보시오. 이 비참한 명분에 대해서
들었던 분들은 나의 불행한 부친을 단단히 옭아매었던
이 고안물을, 아버님의 손에 수갑을 채우고 발에
족쇄를 채웠던 이 고안물을. 이것을 펼쳐 놓아라!
빙 둘러서시오, 그리고 이것을 보여드려라―
남자가 걸치는 겉옷이라!―아버님 (나의 아버님이 아니라,
만물을 관장하시는 분인 태양이신)께서 내 어머니가 만든
이 불경스런 이 물건을 보실 수 있도록. 그리하여
심판의 날에 내가 정당한 명분으로 이 죽음, 내 어머니의
죽음을 가져 온 것에 대한 증거물이 되도록 말이오.
아이기스토스 죽음에 대해서는 말하지 않겠소. 그는
법이 허용하는 대로 간통한 자의 벌을 받았으니까.
그러나 이 여인은 자식을 낳아준 남편에 대해 이 끔찍한
행위를 고안해 낸 것입니다. 자식들은 사랑스럽기도 하지만,
이 일이 보여주듯이 지금은 증오의 대상이 되었습니다―
이 여인을 어떻게 생각하십니까? 이 여인이 바다뱀이나
독사로 태어났다면, 물지 않고 닿기만 해도 상대방을
썩게 했을 것이라고 나는 생각하오. 영혼의 몰염치함과
사악함이 그런 일을 할 수 있다면.

그는 다시 그 피 묻은 겉옷을 들어 올린다.

그 어떤 말로 이 물건을 표현할 수 있을까요?

거친 짐승을 잡는 덫이라고 할 가요? 아니면

죽은 자의 발을 감싸주고, 관대38) 위에 놓인

시신을 덮는 것이라고 할 까요? 아니요,

이것은 그물입니다—사냥하기 위한 그물, 아니면

사나이의 발을 휘감는 겉옷이라고 불러도 좋습니다.

이것은 행인들의 물건을 훔치는 것을 생업으로 하는

강도들이 지니는 물건입니다. 이런 간교한 덫으로

강도는 많은 사람들을 죽이곤 속으로 좋아하지요.

제발 이런 여인이 내 집안에 함께 살지 않도록!

신들이여, 차라리 내가 자식 없이 죽게 해 주소서!

코로스

아 아 슬프도다! 끔찍한 일이구나.

비참한 죽음이 그대의 목숨을 앗아 갔구나.

아! 살아남은 아들에겐 고통이 만개할 것이구나.

오레스테스

그녀가 한 짓일까요, 아닐까요? 나의 증거물은

아이기스토스의 칼로 물들어 버린 이 겉옷이오.

수놓은 옷의 다양한 빛깔을 핏자국이 시간을 도와

망쳐 놓았소. 이제야 마침내 나는 아버님께

찬양을 드리고, 아버님을 애도합니다.

---

38) '목욕탕 커튼'이라는 뜻도 있다.

그리고 아버님의 죽음을 가져온 이 그물 앞에서
말합니다. 아무리 내가 이 행위와 처벌,
그리고 온 집안을 위해서 슬퍼한다 하더라도,
나의 승리는 아무도 부러워하지 않는 불결한 것이라고.

코로스

어떤 인간도 죽을 때 까지 고통 없이 상처받지 않고
지낼 수는 없지요. 아! 오늘 하나의 고통이 오면,
내일 다른 고통이 오는 구나.

오레스테스

그대들에게 알리노니, 이 일이 어떻게 끝날 것인지 난
알지 못하오. 나는 마치 행로를 벗어난 말들을 모는 마부와 같소.
통제하기 힘든 정신은 나를 압도한 채 휘몰아치고, 가슴속에는
두려움이 분노의 가락에 맞추어 노래하고 춤추려 하고 있소.
아직 의식이 분명할 때 날 소중히 생각하는 분들에게
아버님의 불결한 살인자며 신들의 미움을 산 어머니를 나는
정당하게 살해한 것이라고 천명하는 바이오. 내게 이 일을
하도록 용기를 주고 선동을 한 것은, 나의 가장 으뜸가는
보증인인 록시아스, 퓌토의 예언자요. 그는 내게 만약
이 행위를 한다면, 처벌을 받지 않을 것이라고 천명했소.
만약에 이 일을 하지 않는다면―그 처벌에 대해서는 말하지
않겠소. 어떤 화살로도 그 고통의 높이에 닿을 수가 없을 테니까.
이제 나를 보시오. 올리브 나무 가지와 화관으로 무장하고서

탄원자로서, 또 친족을 살해한 추방자로서 이 땅의 중심인
록시아스의 거처로, '꺼지지 않는' 불꽃39)을 향해 가오.
록시아스는 다른 화덕으로 향해서는 안된다고 명했소.
그리고 어떻게 이 사악한 행위가 이뤄졌는가에 대해서는
아르고스의 모든 시민들이 후일 나의 증인이 되어줄 것을
명하는 바요. 나는 살아서나 죽어서나 나의 행위에 대한
이름만 남긴 채 추방당한 방랑자로 떠돌아다닐 것이오.

코로스장

아니오, 그대는 잘 했어요. 그러니 불길한 말로 혀에 재갈을
물리거나, 입술이 불길한 전조를 말하지 않게 하세요. 그대는
두 마리 뱀의 머리를 단칼에 잘라 아르고스 시 전체를
자유롭게 해주었어요.

오레스테스

아 그대 하녀들이여, 저기 저들을 보시오. 고르곤 자매들 같이
검은 옷을 입고 뱀이 엉켜있는 관을 쓰고 있는
저들을. 나는 더 이상 머물러 있을 수 없소.

코로스장

그대 아버님의 가장 사랑받던 아들이여,
어떤 환영이 그대를 괴롭히나요? 견뎌내세요,
공포에 짓눌리지 마세요.

오레스테스

이것들은 환영 속의 고통이 아니요. 정말로 저기

---

39) 델피의 성전에는 꺼지지 않는 불이 있다.

내 어머니의 복수를 하려는 분노에 찬 사냥개들이 있어요.

코로스장

그대의 손에 아직도 생생이 남아있는 피 때문이지요.

그대의 이성을 엄습하는 혼란의 원인은.

오레스테스

오 아폴로 신이시여, 보시라! 이제 저들은 떼 지어 옵니다.

눈에서는 혐오스러운 피를 흘리면서!

코로스장

그대를 정화시킬 방법이 하나 있어요―록시아스의 손길이

그대를 이 고통에서 벗어나게 할 것입니다.

오레스테스

그대들에겐 저들이 안보이지만, 내게는 보이오.

나를 쫓아오니, 더 이상 지체할 수가 없소.

달려 나간다.

코로스

그대에게 축복이 있기를, 신께서 친절히 그대를

굽어 살피시고 행운으로 그대를 지켜주시길!

보시라! 이제 다시, 세 번째로, 혈족의 태풍이

이 왕가를 덮쳐서 그 행보를 하는구나. 첫 번째,

시초에는 살해되어서 음식이 된 자식들의 잔인한

불행이었고, 그 다음은 욕조에서 살해된, 아카이아인들의

사령관인 왕의 운명이었지. 그리고 이제 다시 한 번,

세 번째로 어디선가 구원자가 온 것이다―아니면

파멸이라고 말해야 할 것인가? 오 언제 완성을
보게 될 것인가, 언제 재앙의 분노가 안식을 취해서
종말을 고하고 멈추게 될 것인가?

모두 퇴장한다.

작품 설명

1) 주제

　이 작품의 주제는 『오레스테이아』 3부작 전편을 관통하고 있는 살인에 대한 복수로서 또 다른 살인을 불러오는 악순환의 과정과 그 과정에서 생기는 도덕적 딜레마, 선과 악 사이의 모호한 경계성, 그리고 이에 부수적으로 따르는 신구 가치관의 대립, 신들 사이의 갈등, 왕권 세습의 문제 등이라고 볼 수 있다.

　『아가멤논』과 『에우메니데스』 사이에 위치한 이 작품은 길이가 짧고 플롯이 단순하며 극적인 행동도 많지 않다. 그러나 오레스테스의 복수가 이루어지기까지의 과정에서 많은 계교가 등장하고 관객의 참여를 유도함으로써 단순한 복수극을 넘어선다. 오레스테스와 엘렉트라가 아버지의 복수를 결심하고 그 방법을 강구하고 실제로 어머니를 살해하는 과정에서 중요한 것은 행동 그 자체가 아니라, 행동을 촉발하는 증오심이 사랑, 연민, 질투의 감정과 분리될 수 없다는 점이다. 오레스테스가 대면하는 도덕적 딜레마는 어머니가 자신과 아버지를 희생하면서 아이기스토스를 선택한 것에 대한 질투심으로 인해 더욱 복잡한 양상을 띤다.

클리타이메스트라와 마찬가지로 오레스테스 또한 자신의 행동이 신탁에 따른 정당한 것임을 주장한다. 그러나 그의 주장은 공허한 것이 되고 그가 행한 정죄 행위는 더 많은 고통을 수반한다. 그가 아르테우스 집안에서 뱀들을 쫓아냈다고 선언하는 순간, 그는 복수의 여신들의 머리에서 수많은 뱀들을 보게 된다. 복수의 여신들은 아폴론이나 아테네보다 더 오래 전부터 존재해온 신들로, 헬레니즘 문화가 형성되기 이전의 야만적인 시대의 산물이다. 이들은 클리타이메스트라가 주장하는 여성의 행동하는 권리를 옹호하며 보복의 엄격함을 상징한다. 아폴론은 복수의 여신들이 대변하는 것과는 정반대되는 헬레니즘 문화, 문명, 지성, 계몽을 상징하며, 젊음과 남성을 대변한다.

복수의 여신들과 오레스테스의 상치되는 정당성을 심판하기 위해서는 제 3자인 아테네의 도움이 필요해진다. 아테네는 지성보다 차원이 높은 지혜로서 오레스테스를 방면하고, 복수의 여신들에게는 아테네라는 도시를 지키는 새로운 역할을 부여한다. 복수의 여신들이 상징하는 어두운 과거는 새로운 질서 안으로 편입되고, 피의 악순환은 드디어 종말을 고하게 된다. 아이스킬로스는 이 3부작에서 인간 사회가 더욱 문명화 되어감에 따라서, 원시적인 법을 대체할 새로운 법의 필요성을 다룬다. 이 작품은 바로 그 새로운 법이 가부장 체제의 기초를 이루는 결말의 시작이다. 따라서 오레스테스가 처한 인간적인 딜레마는 신들의 법에 의해서 희석된다.

『오레스테이아』 3부작에 등장하는 주인공들은 모두 극한 상태에서 선택을 요구받는다. 아가멤논과 오레스테스가 공적인 대의명분을 앞세워 행동하는데 반해서 클리타이메스트라는 사적인 감정에 충실하게 행동한다. 이들의 행동은 모두 신들이 정한 법칙에 따른 것이다. 그러나 신들의 법이 서로 상충될 때 선과 악의 경계선은 모호해진다. 오레스테스는 아버지의 살해에 대해 복수를 하지 않으면 복수의 여신들의 저주를 받을 것이라는 경고를 받는다. 그러나 그가 신탁에 따라 행동을 했음에도 그는 다시 이 여신들의 저주를 받게 된다. 아폴론과 복수의 여신들 간의 상충되는 입장은 제 3자인 아테네에 의해서 해결될 수 밖에 없다.

『오레스테이아』 3부작은 인간이 자신의 출생을 선택할 수는 없지만, 태어날 때부터 주어진 권리를 획득하는 방식은 선택할 수 있음을 보여준다. 오레스테스가 아폴론의 신탁을 수행하기 위해 아르고스로 돌아올 때, 그는 자신의 운명을 의연하게 받아들인다. 그리고 복수를 완수하고서도 결코 승리에 도취하지 않는다. 그가 3대에 걸친 유혈의 악순환의 중심에 놓여있는 아르고스 왕위를 주장하기 위해서는 자신에게 닥친 시련을 이겨내야만 되고, 권력의 세습은 시련을 이겨낸 자만이 획득할 수 있는 것이다.

2) 극적 모티프와 이미지, 그리고 상징들

『오레스테이아』 3부작을 관통하는 주제의 하나인 원시사회로부터 문명화된 사회로의 전이과정을 잘 드러내는 것은 빛과 어둠의 모티프를 통해서이다. 아트레우스 집안의 여러 대에 걸친 살육과 복수의 내력은 이 집안을 덮고 있는 어둠과 복수의 여신들의 검은 옷으로 나타난다. 복수의 여신들은 끝없는 복수를 갈망하면서 인간을 어둠과 죽음으로만 몰아간다. 이와는 대조적으로 빛의 신인 아폴론은 오레스테스를 통해서 이 집안에 빛과 희망을 제시한다.

이 3부작에서 가장 두드러지는 극적 이미지는 그물과 덫의 이미지이다. 이것은 속임수, 계략, 사로잡음, 혼돈의 의미를 지닌다. 그물이 상대방을 꼼짝 못하게 사로잡는 이미지는 상대방을 또아리로 감아서 질식시키는 뱀의 이미지와 서로 통한다. 『아가멤논』에서 카산드라는 그물의 환영을 보며 그것이 바로 클리타이메스트라가 자신을 죽이기 위한 덫이라는 것을 깨닫는다. 아가멤논이 목욕탕에서 살해될 때 입었던 옷도 그물의 이미지를 지닌다. 그물은 상대방이 그 존재를 뒤늦게서야 깨닫게 되는 간교한 술수이다. 그물은 창이나 칼과 같이 상대방 적수에게 직접적으로 그 존재를 드러내는 것과는 달리 덫처럼 미리 계획해야 되는 것이다. 클리타이메스트라와 오레스테스가 복수의 대상에 대해 꾸미는 계책도 그물을 던지는 행위와 동일하다. 그물을 모든 종류의 계책과 속임수, 덫과 연관성을 지닌다.

이 극에서 여러 번 등장하는 뱀은 때로는 클리타이메스트라가 아가멤논을 살해한 방식과 연관되기도 하지만, 그녀의 꿈에 등장하는 뱀은 오레스테스를 상징한다. 독수리는 제우스를 상징하는 동시에 아가멤논을 상징한다. 따라서 독수리 새끼는 오레스테스와 엘렉트라를 상징한

다. 아가멤논의 옷은 클리타이메스트라가 남편을 살해할 때 이용한 것
으로 그물의 이미지를 지니고 있지만, 오레스테스가 복수를 마친 후 이
옷을 놓고 아버지 혼령을 애도하는데서 보듯이 아가멤논의 혼령을 상
징한다.

등장인물 분석

■ **오레스테스**

아폴론의 신탁에 따라서 아버지 아가멤논의 살해에 대한 복수를 하기 위해 여러 해만에 고국으로 돌아온다. 비록 도덕적으로, 감정적으로는 아버지의 복수를 위해서 어머니를 살해해야만 하는 행위에 대해 거부감을 갖지만, 자신의 행동이 정당한 것이라는 확고한 믿음과 아폴론의 신탁을 실행에 옮기려는 굳은 결심을 하고 있다.

오레스테스는 클리타이메스트라처럼 지적이고, 복수의 의지가 확고하고, 상대방을 설득하는 논리가 정연하다. 그리고 상황 판단이 빠르고 임기응변에 능하다. 극의 초반에 오레스테스는 아폴론의 신탁과 더불어 자신이 복수를 해야만 하는 명분을 열거한다. 자신이 정당하게 계승해야 될 재산과 왕위를 되찾을 뿐 아니라, 폭정에 시달리는 아르고스 시민들을 자유롭게 해주기 위해서 복수를 완성하려는 오레스테스의 모습은 자신의 정체성을 찾는 청년의 모습이다. 그러나 후반부에 이르면 어머니를 살해하는 것의 의미를 깨닫고 그 결과를 받아들이는 성숙된 모습을 보인다. 클리타이메스트라의 설득에 쉽게 굴복해서 화려한 응

단을 밟는 아가멤논이나, 나약한 아이기스토스와는 달리 오레스테스는
어머니의 논리와 감정적 호소에 능히 필적할 수 있는 지적인 능력과
신체적인 힘을 지니고 있다. 오레스테스는 어머니를 살해한다는 혐오
스런 행위를 피하고 싶지만, 아르고스의 새로운 가부장적 질서 확립을
위해 그 행위를 선택한다. 그의 선택은 트로이 전쟁의 승리를 위해서
딸을 희생시키는 아가멤논이 사회적인 의무감의 완수를 개인적인 비극
에 우선시하는 것과 같은 행동이다. 그러나 아가멤논과는 달리 오레스
테스의 행위는 복수의 여신들의 심판이 아니라, 새로운 아테네 시민 법
정에서 심판을 받게 된다.

■ 필라데스

오레스테스의 친구로 많은 시간 무대에 있지만 침묵한다. 그러나
오레스테스가 어머니를 살해하려는 순간 결심이 흔들릴 때, 아폴론의
신탁을 상기시켜줌으로써 오레스테스가 복수를 완성하도록 돕는다. 필
라데스는 아폴론의 대변인 역할을 한다.

■ 엘렉트라

독자적인 개성을 지닌 인물이라기보다는 클리타이메스트라와의 대

비를 위해 존재하는 인물이다. 클리타이메스트라가 전형적인 그리스 여성상을 벗어나서, 남성들의 영역인 권력을 차지하는 것과는 달리, 엘렉트라는 순종적이고 동생인 오레스테스에게 의존하면서 그에게 자신의 모든 사랑을 바친다. 아버지 무덤에 제주를 따를 때에도 어떻게 해야 하는지 모르며, 오레스테스를 대면했을 때에도 그를 곧바로 알아보지 못한다. 엘렉트라는 어머니에 대한 적의를 강하게 드러내는 반면에 아버지에 대해서는 깊은 존경을 표한다.

■ <u>코로스</u>

과거의 전쟁으로 노예가 된 여인들로 구성된다. 코로스는 주로 사회 공동체의 관심과 가치관을 대변하거나, 극중 사건에 대해 시적인 노래로 논평을 가한다. 여기서는 단순한 방관자나, 논평가의 입장에서 한 발 더 나아가서, 주인공에게 앞으로 할 행동에 대해 충고하고, 극중 사건의 전개 과정에 적극 개입한다. 엘렉트라에게 신들과 지하의 혼령들에게 청원하는 방식을 가르쳐 주기도하며, 극이 자신들이 원하는 방향으로 진행되도록 개입한다. 가장 중요한 개입은 유모로 하여금 클리타이메스트라의 말을 바꾸어서 아이기스토스에게 전하도록 하는 것이다. 아이기스토스가 호위병이 없이 혼자 왔기 때문에 오레스테스는 쉽게 그를 살해한다. 이들은 오레스테스가 제우스의 대행자라고 믿기에 그가 복수에 성공할 수 있도록 무슨 일이든지 하고자 한다.

■ 클리타이메스트라

　　오레스테스와 함께 이 극의 주인공이라고 할 수 있다. 이 극에서 등장하는 순간도 짧고 역할도 크지 않지만, 클리타이메스트라의 존재감은 압도적이다. 그녀는 코로스와 엘렉트라에게는 저주의 대상이며, 오레스테스에게는 복수의 대상이면서 동시에 그의 감정을 동요시키는 인물이다. 클리타이메스트라는 전형적인 여성상과는 달리, 남성적인 특징을 지니고 있다. 그녀는 지적이고, 유능하며, 자부심이 강하고, 자신의 행동을 정당화 시키는 논리를 지니고 있다. 그리고 필요에 따라서는 힘으로 대결하거나, 모성애를 내세워 감정에 호소하는 등 상황 판단에 따라 대응하는 능력이 뛰어난 인물이다.

　　클리타이메스트라는 『아가멤논』에서 딸인 이피게니아를 희생 제물로 바친 것에 대해서 아가멤논에게 복수한 것이라고 자신의 행동을 정당화 했듯이, 여기서도 젖가슴을 내보이며 모성애를 강하게 자극하여 오레스테스의 연민을 자아내려고 한다. 그녀는 아이기스토스를 통해 아르고스를 실질적으로 통치함으로써, 당대 여성에게 금기시 되던 권력의 세계에서 핵심적인 영향력을 발휘한 여인이다.

　　당대의 관행을 대변하는 코로스의 관점에서 클리타이메스트라는 여성의 본분을 벗어난 사람이지만, 오늘날의 관점에서는 자신이 옳다고 생각하는 일을 행동으로 옮기는 용감한 여인이라고 볼 수도 있다.

■ 킬리사

유모인 킬리사의 비중은 크지 않지만 대단히 중요하다. 오레스테스가 태어났을때부터 그에게 젖을 먹여 키웠다는 킬리사의 말은 클리타이메스트라가 아들을 키웠다는 주장을 공허하게 만든다. 킬리사의 역할은 클리타이메스트라의 어머니로서의 비중을 약화시킴으로써, 어머니를 살해해야 하는 오레스테스의 도덕적, 정서적인 부담을 경감시키고, 관객이 클리타이메스트라와 감정적으로 거리를 두게 만드는 것이다. 그리고 아이기스토스에게 전달하는 말의 내용을 변경함으로써 오레스테스의 복수가 수월하게 이뤄지도록 돕는다.

■ 아이기스토스

이 작품에서 아이기스토스는 오레스테스의 복수의 대상으로서만 존재할 뿐이다. 오레스테스는 그를 여자로 치부하면서 경멸감을 강하게 드러낸다. 아이기스토스 또한 자신의 아버지에 대한 복수로 아가멤논을 살해할 정당한 명분을 소지하고 있는 인물이지만, 여기서는 클리타이메스트라의 보조적인 역할만을 할 뿐이다.

■ 아폴론

빛과 문명과 학문의 신으로 여기서 직접 등장하지는 않지만 그의 존재는 필라데스를 통해서 전달된다. 아폴론은 신탁을 통해서 오레스테스에게 아버지의 살해에 대해 복수할 것을 명하면서, 복수를 하지 않을 경우 심한 처벌을 받을 것임을 경고한다. 아폴론은 복수의 여신들처럼 피에는 피로의 복수를 요구하지만, 동시에 오레스테스가 복수의 행위로 인해서 처벌 받지 않을 것임을 약속한다. 아폴론은 피의 악순환을 끊기 위해 복수의 여신들과 다른 해법을 제시한다.

■ 헤르메스

변화와 전령의 신이며, 여행객들의 수호신이고, 계책을 다루는 신이다. 여기서 헤르메스는 여러 차례 청원의 대상이 된다. 오레스테스는 지하에 있는 아가멤논의 혼령을 지상으로 불러내 달라고 청원하며, 코로스는 오레스테스의 계책을 두 살해자들이 알아차리지 못하게 해 달라고 청원한다.

■ 복수의 여신들

고대로부터 내려오는 이 여신들은 피는 반드시 피로서 보복해야한다는 법칙을 고수하면서, 이 법칙을 어긴 자들에게 무서운 형벌을 내린다. 오레스테스는 아버지 살해에 대해 복수하지 않으면 이 여신들의 보복을 받을 것이라는 경고를 받는다. 그러나 아폴론의 신탁을 이행한 후에도 역시 그는 이 여신들의 보복의 대상이 된다. 이 여신들은 복수의 악순환이 가져오는 결과에 관심이 없으며, 다만 자신들의 법이 지켜질 것만을 요구한다. 오레스테스 3부작의 마지막 작품인『에우메니데스』에서 이들은 아테네 시를 지키는 여신들로 그 지위가 변화하게 된다.

■ 아가멤논

『오레스테이아』3부작의 중심인물로 딸인 이피게니아를 트로이 전쟁의 승리를 위해 희생제물로 바친 이유로 인해서 아내인 클리타이메스트라의 손에 죽임을 당한다. 엘렉트라와 오레스테스는 아가멤논을 신처럼 숭배하지만, 클리타이메스트라의 주장에 따르면 많은 잘못을 했으며, 특히 아내의 교묘한 술책에 손쉽게 넘어가는 인물이다. 여기서 등장하지는 않지만 그의 혼령은 그의 피묻은 겉옷과 함께 극중 모든 인물의 구심점 역할을 한다.

에피소드별 내용 분석과 해설

■ 프롤로그

1) 내용요약

　오랜 망명생활을 마친 오레스테스가 친구 필라데스와 함께 아르고스로 돌아와 아버지 아가멤논의 무덤을 찾는다. 무덤 앞에서 그는 올림포스 신들과 지하세계를 연결하는 전령인 헤르메스 신에게 자신의 편이 되어줄 것을 청원한다. 그리고 강의 신 이나쿠스에게 자신의 머리털 묶음 하나를 키워준 보답으로 바치고, 두 번째 것은 아버지 무덤에 제물로 바친다. 그때 한 무리의 상복을 입은 여인들이 무덤을 향해 오고 있는 것을 보자, 이들이 아가멤논 집안의 새로운 불행을 애도하는 것인지, 아니면 아가멤논을 애도하러 오는 것인지 궁금해한다. 유난히 슬퍼하고 있는 누나 엘렉트라를 발견한 오레스테스는 이 여인들이 왜 오는 것인지 살펴보기 위해 필라데스와 함께 몸을 숨긴다.

2) 논평

　이 프롤로그는 유난히 길이가 짧다. 그것은 오레스테스의 대사가 첫 5행 이후 대략 80행이 빠졌기 때문인데, 여기서 오레스테스는 아버지의 복수를 명령한 아폴론의 신탁을 말하고 있는 것으로 보인다. 왜냐하면 오레스테스는 이 복수를 당연한 의무로 간주하면서, 아버지의 혼령에게 복수를 도와줄 것을 간청하기 때문이다. 그러나 자신의 정체를 엘렉트라와 코로스를 이루는 여인들에게 즉각적으로 밝히지는 않는다.

오레스테스가 기도를 드리는 헤르메스신은 지하세계와 죽은 자의 신으로. 올림포스와 하데스 사이를 오가면서 영혼들을 하데스로 데려가거나, 다시 지상으로 데려오기도 한다. 따라서 오레스테스가 아버지의 혼령에게 복수를 도와 달라고 할 때는 헤르메스 신에게 청원해야 한다.

오레스테스 대사 첫 행의 '아버지의 권능' 이라는 표현은 헤르메스가 아버지 제우스의 권능을 수호한다는 의미와 오레스테스의 아버지인 아가멤논을 의미하는 것일 수도 있다. 그리스인들은 이 두 가지 의미가 다 통하도록 애매한 표현을 하고 있다.

■ 파로도스

1) 내용요약

여자 노예들로 구성된 코로스는 악몽을 꾼 클리타이메스트라가 죽은 남편의 영혼을 달래기 위해 그의 무덤에 제주를 바치러 보냈다고 말한다. 이들은 가슴을 치고 옷을 찢는다. 그 악몽은 죽은 왕이 보낸 것이며, 무덤에 제주를 바쳐도 보복을 피할 수 없고 살인행위는 반드시 보복을 당한다고 말한다. 코로스는 살인행위가 일어난 집안에는 구원이 없기 때문에 왕비를 위해 신들에게 청원하기를 두려워한다. 한번 피를 흘리게 되면 그 피는 땅 속으로 스며들지 않으며, 더럽혀진 손에서 피를 씻어낼 수는 없다. 노예이기 때문에 이 여인들은 주인의 말에 복종해야 하지만, 베일 아래로 눈물을 흘린다.

2) 논평

코로스가 오케스트라로 입장하면서 부르는 이 노래는 『아가멤논』 끝 부분의 비관적이고, 억압적인 분위기를 되살리면서 『제주를 따르는 여인들』의 도덕적, 정서적인 배경을 이룬다. 이제 더 이상의 피를 흘리지 않겠다는 클리타이메스트라의 앞서의 확신에 찬 주장에도 불구하고, 그녀는 이제 자신의 살인행위에 대가를 치러야 한다는 것을 인식하기 시작한다. 오레스테스는 어머니를 살해하는 일에 적극적이지 않지만, 아폴론의 명령을 수행해야만 한다. 어떤 도덕적인 결론이 나지 않는 한 폭력과 살인의 악순환은 영원히 반복될 것으로 보인다.

코로스를 이루는 여인들은 과거에 있었던 전쟁의 포로들로서, 살인자들에게 살인으로 복수해야 한다는 이들의 욕구는 오레스테스와 엘렉트라의 욕구보다 더욱 강렬하게 나타난다. 코로스는 원시적이고 절대적인 도덕적 법을 대변하기 때문이다. 이 법은 『오레스테이아』 3부작에서 다뤄지는 딜레마인 피는 피로서 보복되는 악순환을 가져온다.

클리타이메스트라의 악몽은 밝혀지지 않기 때문에 극적 긴장감을

불러일으킨다. 코로스의 검은 상복은 이 극의 주조를 이루는 어둠을 상
징하며, 또한 아가멤논에 대한 이들의 충성심을 나타낸다. 클리타이메
스트라가 남편의 영혼을 달래려고 그의 무덤에 제주를 바치러 보낸 행
위는, 그러나 자신의 죽음으로 이어지는 일련의 복수 행위를 촉발시킨
다.

■ 첫 번째 에피소드

1) 내용요약

엘렉트라가 처음으로 입을 열고 코로스 여인들에게 제주를 따를 때
무엇을 어떻게 말해야 하는지 묻는다. 이를테면 아내가 남편을 살해했
는데도, 아내가 사랑하는 남편에게 바치는 제주라고 해야 하는가, 아니
면 관례대로 제주를 바치는 자들에게 복을 베풀어 달라고 말해야 하는
것인가. 코러스장은 엘렉트라에게 아이기스토스와 클리타이메스트라
에 대한 복수를 이루게 해달라고 신들에게 청원을 드리고, 그녀 자신과
오레스테스 그리고 살인자들을 증오하는 사람들을 위해 부왕의 축복을
빌라고 한다. 엘렉트라는 코로스장의 지시대로 청원을 하면서, 살인자
들은 호사롭게 살고 있지만, 오레스테스는 멀리 고향을 떠나 추방생활
을 하고 있고 자신은 거의 노예와 같은 신분이며, 모친은 자신을 곧 결
혼시켜 떠내 보내려고 한다고 말한다. 엘렉트라는 복수를 기원하며 제
주를 따르고, 코로스는 아가멤논에게 이 집안을 죄악으로부터 구원해

줄 것을 노래한다.

엘렉트라는 아버지 무덤에서 머리털 묶음을 발견하고, 그것이 자신의 머리털과 같다는 것을 알게 된다. 그리고 동생이 아버지 무덤에 경의를 표하기 위해서 보낸 것이라고 생각하지만, 코로스는 그것은 오레스테스가 결코 돌아올 수 없다는 것의 의미라고 말한다. 엘렉트라는 감정에 북 받치는 긴 대사를 마친 후 두 번째 표식으로 자신의 신발자국과 동일한 발자국과 동행자의 발자국을 발견한다. 엘렉트라가 기대와 충격으로 동요하고 있을 때 오레스테스가 나타나서 그녀의 기도가 이루어진 것에 대해 신들에게 감사 기도를 하라고 말한다. 엘렉트라가 선뜻 인정하지 않자, 오레스테스는 머리털 묶음을 머리에 갖다 대면서 동일한 것임을 보여 준다. 그리고 세 번째 표식이 되는 엘렉트라가 손수 직조한 동물 문양의 천을 보여준다. 마침내 엘렉트라는 자신의 희망이 이루어졌음을 깨닫고서 기뻐하며 아버지와 언니 이피게니아가 죽고 모친은 부왕을 살해한 지금 오로지 오레스테스 만이 자신의 가족이고 사랑의 대상이라고 말한다. 그리고 힘과, 정의와 제우스가 오레스테스가 추구하는 것을 도와줄 것을 기원한다.

오레스테스는 독사에게 아비가 죽음을 당한 두 마리의 독수리 새끼처럼 자신들을 돌보아 줄 것을 제우스에게 청원한다. 그는 아버지가 항상 신들에게 좋은 제물을 바쳤던 사실을 상기시키면서, 제우스가 아트레우스 집안을 지켜주면 앞으로 잘 봉양할 것임을 약속한다. 이때 코로스장이 누군가 오레스테스의 귀향을 아이기스토스에게 알릴지 모르니 조심하라고 한다. 오레스테스는 아폴론이 아버지의 복수를 명했으며,

만약에 그 명을 따르지 않을 경우에는 가장 무시무시한 방식으로 고통을 당하게 될 것이라는 신탁의 내용을 밝힌다. 오레스테스는 아폴론의 신탁이 아니더라도 복수를 하려는 개인적인 동기가 있다고 말한다. 그것은 곧 아버지의 살인자들에 가하는 자식으로서의 복수뿐만이 아니라, 정당한 권리를 뺏기고 추방당해서 비참한 생활을 해온 것에 대한 복수, 그리고 트로이 전쟁의 승자인 아르고스 시민들을 아이기스토스와 클리타이메스트라의 폭정으로부터 벗어나게 하는 것이다.

  2) 논평

  첫 번째 에피소드는 세 가지 요소를 다루고 있다. 먼저 엘렉트라가 코로스에게 아버지의 무덤에 제주를 바칠 때 어떻게 청원을 드려야 하는가를 묻는데, 이것은 신들이 청원을 잘 들어주도록 하기 위해서 말을 잘하는 것이 중요하기 때문이다. 살해를 당한 아버지의 혼령을 즐겁게 할 수 있는 기도를 어떻게 할 것이며, 이 같은 기도가 과연 가능한 것인가를 물으면서, 엘렉트라는 자신이 생각할 수 있는 것은 이 제주는 사랑하는 아내가 남편에게 보내는 것이라고 말하던가, 아니면 침묵을 지키는 것이라고 말한다. 그러나 둘 다 거짓을 말하거나 궁 밖으로 쓰레기를 던질 때 하는 행동이기 때문에 적절치 않다. 그래서 다시 도움을 청하자, 코로스는 엘렉트라의 동지는 동생이라고 말하면서, 그가 집에서 멀리 떨어져 있다는 의미로 말을 한다. 그러나 이 표현은 동시에 문 밖에 있다는 의미도 포함하고 있어서, 관객이 알고 있듯 실제로는 오레스테스가 바로 가까이 있음을 나타낸다.

코로스는 또한 엘렉트라에게 신이나 인간에게 복수를 해 줄 것을 청원하라고 촉구하면서 살인자들은 그 행동의 대가로 죽음을 당해야 한다고 말한다. 코로스의 말은 이 극의 중심주제의 하나인 복수의 의무를 제시한다. 엘렉트라는 자신과 자신이 사랑하는 사람들을 위한 축복과 살인자들에 대한 처벌을 기원 드린다. 그리고 자신은 어머니보다 더 순결하게 해 달라고 청원함으로써 자신과 모친 사이에 거리를 둔다.

두 번째 요소는 후기 그리스 비극에 흔히 등장하는 인식의 장면으로 두 인물이 서로를 알아보는 과정을 보여준다. 비록 이 장면은 부자연스럽지만, 극작가의 의도는 두 사람이 아버지의 복수를 하는 방법을 함께 생각하도록 하는 것이다. 오레스테스는 누나를 즉시 알아보지만 엘렉트라는 훨씬 조심스럽게 동생의 정체를 확인해 간다. 그녀는 무덤에서 신발 자국을 발견한 후에야 동생이 머리털 묶음을 가져다 놓았음을 깨닫는다. 그리고 오레스테스가 어렸을 때 그를 위해 자신이 독특한 문양으로 직조한 천을 보여주자 비로소 그를 동생으로 인정한다. 이 과정에서 엘렉트라는 클리타이메스트라가 논리적으로 사고하고 언어를 자유자재로 사용하는 남성적인 모습을 보여준 것과는 대조적으로, 정서적으로 동요되고 비합리적인 희망을 지닌 그리스 여성상을 보여준다. 엘렉트라의 역할은 자신이 당한 치욕적인 삶을 말하고, 아버지가 살해당한 후 일어난 일들을 설명해 줌으로써, 7년간 고향을 떠나 추방자로 살았던 오레스테스의 복수심을 더욱 강화시키는 것이다.

세 번째 요소는 독수리와 뱀의 이미지의 등장이다. 독수리는 제우스신을 상징하는 동시에 가부장제의 중심인물인 아가멤논을 상징한다.

따라서 오레스테스와 엘렉트라는 독수리 새끼로 묘사되는 반면, 간교한 계교를 사용해서 남편을 살해하는 클리타이메스트라라는 뱀으로 묘사된다. 독사 암컷은 교미를 할 때 수컷의 목을 물어 죽이고, 독사의 새끼들은 그 복수로 암컷의 자궁을 물어뜯는다고 그리스인들을 생각했다. 클리타이메스트라가 결국은 자식의 손에 죽게 될 운명이라는 점에서 이 같은 비유는 아주 적절하다. 그리고 오레스테스가 제우스에게 제물을 바쳤던 것을 상기시키고, 앞으로 더 많은 제물을 바칠 것을 약속함으로서 신의 호의를 사려고 하는 것은 그리스 인들에게는 낯선 행동이 아니다. 올림포스 신들은 막강한 힘을 소유하고 있지만 변덕이 심한 존재들이기 때문에, 신들의 환심을 사기 위해서는 신들의 비위를 맞추어야한 한다. 오레스테스는 아폴론의 신탁에 의해 아버지의 복수를 하는 것이며, 신탁을 따르지 않는다면 복수의 여신들의 괴롭힘을 당하게 된다. 오레스테스가 신탁이 아니더라도 자신의 의지에 따라 복수를 하겠다는 하는 것은 이 극의 클라이맥스에서 중요한 의미를 지니게 된다.

■ 첫 번째 스타시몬

1) 내용요약

코로스와 오레스테스, 엘렉트라는 서로 돌아가면서 아가멤논의 죽음에 대해 서정적인 만가를 부른다. 이들은 아가멤논 생전의 위대함과 부당한 죽음, 그리고 시신이 치욕스런 대우를 받고 장례도 제대로 치러

지지 못했던 사실들을 상세히 밝힌다. 오레스테스와 엘렉트라는 만약 아버지가 트로이에서 영광스러운 죽음을 맞이하였더라면 자신들의 처지가 달라졌을 것이라고 말하나, 코로스는 현실을 직시하여 복수를 하도록 적극적으로 이들을 부추긴다. 영창을 하는 가운데 분위기는 복수를 해야만 하는 방향으로 고조되어간다. 이들의 증오심이 고조되면서 엘렉트라는 제우스에게 살인자들의 머리를 부수고, 죽이라고 외친다. 코로스는 복수는 정당한 행위라고 말하면서 아가멤논이 살해된 다음 얼마나 비참한 대우를 받았는가를 상세히 묘사해서 클리타이메스트라의 범죄행위를 더욱 강하게 부각시킨다. 코로스는 남매의 분노는 복수로 이어져야 한다면서 이제 아트레우스 가문의 어둠이 걷힐 날이 오고 있다고 말한다.

2) 논평

여기서 코로스와 배우들이 부르는 만가(kommos)는 아가멤논의 복수를 위해 클리타이메스트라를 살해해야만 되는 정당성을 심리적으로 고조시키기 위한 것이다. 동시에 아가멤논의 혼령을 불러내어 복수를 도와달라고 하는 주술적인 요소와 더불어서, 비참하게 살해당한 그를 위한 일종의 장례의식을 대체하는 의미가 있다. 그러나 가장 중요한 것은 어머니를 살해해야만 하는 오레스테스가 그 행동이 요구하는 심리적인 충격을 극복하도록 하기 위한 것이다. 오레스테스는 아폴론의 신탁에 따라 복수를 해야만 하지만 기꺼이 하려는 것은 아니다. 코로스가 아가멤논이 얼마나 처참한 최후를 맞이했는가를 상세히 말해주자, 지금까지는 어머니의 살해에 대해 직접적인 언급을 피했던 두 남매는 더 이상 복수의 행위에 대해 거부감을 갖지 않게 된다.

코로스는 여기서 단순한 방관자가 아니라 복수를 성취시키기 위한 촉매의 역할을 한다. 그리고 복수를 원하는 각각의 동기가 드러난다. 엘렉트라는 아버지의 살해에 대한 슬픔과 자신이 처한 비참한 상황이라는 사적인 감정에 휩싸여 복수를 원한다. 오레스테스는 자신이 놓쳐버린 왕권의 계승과 가문의 불명예를 회복하기 위해 그리고 무엇보다도 아폴로신의 신탁에 대해 복종하기 위해 복수를 해야 한다. 그리고 코로스는 살인자는 죽음으로 그 대가를 치러야 한다는 오래된 보복의 법칙이 반드시 이루어지기를 원한다.

■ 두 번째 에피소드

1) 내용요약

오레스테스와 엘렉트라는 이제 아이기스토스와 클리타이메스트라를 살해하려는 결심을 굳힌다. 두 남매는 아버지 혼령의 도움을 요청하면서 그의 장례를 잘 치러드릴 것을 약속하고, 그가 겪은 수모와 고통을 상기시킨다. 아버지가 목욕을 하면서 살해됐던 것과 살인자들이 그를 감쌌던 저주스런 그물인 겉옷을 상기시킨다. 그리고 아버지의 혼령이 지하에서 깨어나서 그들을 돕는다면, 그는 영예로울 것이라고 말한다. 코로스는 오레스테스의 결심을 받아들이면서 지금이야말로 즉각 행동을 취할 시기라고 말한다.

오레스테스는 복수를 하기 전에 왜 클리타이메스트라가 아가멤논의 무덤에 제주를 바치러 사람을 보냈는지 그 이유를 알고 싶어한다. 코로스는 전날 밤 클리타이메스트라가 꾼 악몽을 이야기해준다. 꿈에 그녀는 뱀을 낳아 포대기에 싸서 젖을 먹이는데 그 뱀이 젖을 물어 피가 나온 것을 보고는 비명을 지르며 깨어나, 아가멤논 무덤에 제주를 바치러 하녀들을 보냈다는 것이다.

오레스테스는 그 꿈은 아버지가 보낸 환영이라면서, 꿈속의 뱀은 자신을 나타내며, 피는 자신이 어머니를 살해할 것이라는 징조라고 풀이하면서, 이제 자신의 성품을 바꾸어서 뱀과 같이 되어야 한다고 말한다. 오레스테스는 복수를 계획하면서 계교를 써서 살인한 자들은 아폴론이 명령한대로 똑같은 방식으로 살해되어야 한다고 말한다. 그는 엘렉트라에게 궁 안으로 돌아가 자신이 돌아온 것을 비밀에 부치고 궁 안에서 일어날 중요한 일을 잘 살피라고 말한다. 오레스테스는 필라데스와 함께 델포이의 사투리인 파나시스어를 하는 포키스 출신의 여행객으로 가장하여 궁 안으로 들어 간 다음 아이기스토스와 클리타이메스트라를 살해할 계획이라고 말한다. 그는 코로스에게 자신을 돕게 될 상황이 될 때까지는 침묵하고 있으라고 말한다.

2) 논평

클리타이메스트라의 꿈은 이 비극의 의미를 시적 이미지를 통해서 분명하게 보여준다. 꿈에서 그녀는 자신이 낳은 뱀에게 물려 죽는다.

이것은 아트레우스 집안에 내려진 3대에 걸친 저주를 상징적으로 보여주는 동시에 클리타이메스트라의 죄의식과 아들에 대한 모호한 감정을 드러낸다. 오레스테스는 자신이 어머니를 죽여야하는 개인적인 이유를 부왕의 살해에 대한 슬픔으로 드러낸바 있는데, 여기서는 그 두 번째 이유로 자신의 왕국을 다시 찾고 싶다는 욕망으로 드러낸다. 두 사람은 아버지 혼령에게 도움을 청하면서 신들에게 청원하듯이 자신들을 도와준다면, 그를 더 잘 공경할 것임을 약속한다. 엘렉트라는 어머니와는 대조적으로 그리스인들이 이상적으로 생각하는 순종적인 여성의 모습을 나타낸다. 이 장면 이후 엘렉트라는 극에서 사라진다.

엘렉트라가 언급하고 있는 고기 잡는 그물은 아가멤논이 목욕을 할 때 걸친 겉옷을 말하며, 이 그물의 이미지는 피해자를 조여서 죽게 만든다는 점에서 뱀의 이미지와 겹친다. 꿈 이야기를 듣고 오레스테스는 꿈속의 뱀과 자신을 동일시하면서 이 꿈이 자신의 성공을 예시해주는 것이라고 생각한다.

■ 두 번째 스타시몬

1) 내용요약

세 사람이 자리를 뜬 다음 코로스는 이 후에 닥칠 일들을 언급한다. 코로스는 땅에 있는 위험한 것들 가운데서 가장 위험한 것은 인간의 과도하고 무모한 격정으로, 특히 여성의 격정이 도를 넘을 때 일어났던

전율을 불러일으키는 예들을 말해준다. 그 하나는 테스티우스의 잔인한 딸 알타이아가 아들 멜레아그로스를 죽인 일이다. 그녀는 아들이 태어날 때부터 타오르던 화덕의 장작이 꺼지게 되면 아들이 죽게 된다는 운명의 여신의 말을 듣고 그 장작을 잘 보관하고 있었으나, 그 아들이 사냥시합에 나가서 우승 패를 놓고 동생들과 서로 다투다가 동생들을 죽이자 그에 대한 복수로 그 장작을 불 속으로 던져 버려 아들을 죽게 한다.

다른 하나는 메가라의 왕 니수스의 딸 스킬라가 부왕의 적인 미노스 왕으로부터 황금목걸이를 뇌물로 받고서 부왕의 생명을 상징하는 머리털을 그가 잠든 사이 잘라 버려서 죽게 만든 일이다. 또한 렘노스의 여인들은 트라키아노예들을 첩으로 취한 남편들을 모두 살해함으로써, 그 종족은 사멸된다. 코로스는 여인들의 잔인한 행동들을 기억하라고 한 다음 이들은 종국에 가서는 모두 벌을 받았다고 말한다. 그런 다음 클리타이메스트라도 마찬가지로 정의의 심판을 받을 것이라고 말한다. 운명의 여신이 칼을 갈고 있고 복수의 여신들이 이 집안의 피를 정화시키기 위해서 아들을 집안으로 안내하고 있기 때문이다.

2) 논평

이 부분은 비록 짧지만 극 전체에서 가장 압축된 부분으로 복수의 행위가 이뤄지기를 기다리는 동안 오레스테스 남매가 처한 상황을 보편적인 상황으로 설명하기 위해 다양한 예를 보여준다. 일종의 막간극과 같은 역할을 하면서 극의 중심 줄거리를 벗어나 클리타이메스트라의 행위와 비견되는 예들을 보여준다. 자신만이 알고 있는 생명에 대한 비밀을 이용해서 무방비 상태의 아들을 죽인 알타이아의 행위는 무장을 해제한 아가멤논을 살해한 행위를 연상시키며, 부왕의 적인 미노스왕을 도와주는 스킬라의 행위는 아이기스토스의 편을 선택한 행위를 연상시킨다. 그리고 질투에서 남편들을 살해한 렘노스 여인들의 행위는 카산드라를 살해한 행위와 유사하다. 코로스는 이처럼 잔인한 여성들과 클리타이메스트라를 동일시함으로써 오레스테스 남매의 복수심을 더욱 부추기려는 의도를 드러낸다.

■ 세 번째 에피소드

1) 내용요약

장면은 바뀌어서 오레스테스와 필라데스가 아르고스의 아가멤논의 궁 앞으로 온다. 오레스테스가 궁에서 나온 하인에게 이 집안의 주인을 만나 전달한 중요한 소식이 있다고 말한다. 클리타이메스트라가 나와 여행객에게 호의를 베풀면서 그 소식이 무엇인가라고 묻는다. 오레스테스는 신분을 속이고 자신은 포키스의 다울리아에서 온 여행객으로 이리로 오는 길에 스트로피오스 라는 사람을 만났으며, 그가 오레스테스 부모에게 아들이 죽었다는 소식을 전해달라는 부탁을 했다고 말한다. 클리타이메스트라는 아들의 비보를 듣고 매우 슬퍼하면서 오레스테스를 살리기 위해서 최선을 다했으나 이제 그가 죽었으니 이 집안에

124

서 복수의 신들의 저주를 막을 희망이 사라졌다고 말한다. 그리고 하인에게 여행객들을 집안으로 모시고 가서 잘 대접하라고 지시한다.

코로스가 대지와 헤르메스에게 청원을 드리고 나자 오레스테스의 유모인 킬리사가 울면서 등장한다. 유모는 안주인의 명으로 오레스테스가 죽었다는 소식을 전하러 아이기스토스에게 간다고 말한다. 그녀는 클리타이메스트라가 겉으로는 아들의 죽음을 슬퍼 하지만 속으로는 기뻐한다면서, 아기 때부터 오레스테스를 기른 것은 자신이라고 말한다. 유모는 클리타이메스트라의 지시는 아이기스토스에게 호위병을 거느리고 오라는 것이라고 하자, 코로스는 그 말을 그대로 전하지 말고 혼자서 오라는 말로 바꿔서 전달하라고 말한다. 유모는 영문을 모르지만 코로스의 말을 따르기로 한다.

2) 논평

이 장면은 여러 겹의 의미를 담고 있다. 어머니와 아들이 여러 해 만에 처음 만나는 장면이지만, 자신의 목적을 달성할 때까지 오레스테스는 신분을 속인다. 이 점에서 그는 『오딧세이아』의 주인공인 오디세우스를 연상시킨다. 오디세우스는 10년 간 지속된 트로이 전쟁에서 승리한 후에도 다시 10년 간 모험을 하면서 자신의 신분과 이름을 속인다. 이것은 자신의 집안에서 조차도 생명의 위협을 느끼는 사람들의 생존을 위한 전략이기도 하다.

오레스테스가 신분을 속여서 궁 안으로 들어가는 행위는 클리타이메스트라가 승전해 돌아온 아가멤논으로 하여금 화려한 융단을 밟도록 해서 신의 노여움을 사게 만드는 것과 흡사하다. 오레스테스의 원래의 계획은 아이기스토스를 먼저 만나 그가 자신의 신분을 묻기도 전에 죽이는 것이었지만, 어머니를 먼저 만나게 되면서 즉석에서 자신을 여행객으로 가장한다.

클리타이메스트라가 오레스테스를 이 집안의 유일한 희망이라고 말한 것은 그가 이 집안의 희망으로서의 역할을 수행할 것이라는 것을 자신도 모르게 의미하고 있는 것일 수도 있고, 아니면 그가 돌아와서 왕위를 물려받아 다시 왕국의 질서를 회복하게 될 것이라는 의미일 수도 있다. 이처럼 주인공이 진정한 의미를 모르고 하는 말이 실제로 이루어지는 경우가 바로 그리스 비극에서 흔히 일어나는 비극적 아이러니이다.

이 장면에서 킬리사는 극중 어느 인물보다 자연스럽게 묘사되고 있으며 중요한 역할을 하고 있다. 그녀의 진정한 슬픔은 클리타이메스트라의 거짓된 슬픔과 대조를 이루고, 그녀가 말하는 오레스테스의 어린 아기 모습은 이제 복수를 수행해야만 하는 성인이 된 오레스테스의 모습과 대조를 이룬다. 유모는 오레스테스를 태어나서부터 키워왔다고 말함으로써 그녀가 오레스테스에게 더 진정한 모성을 지닌 것이 강조된다. 당대의 관행은 귀족 집안의 자손들은 유모가 키우는 것이었지만, 아이스킬러스는 클리타이메스트라의 어머니로서의 권리 주장을 약화시키기 위해 유모의 역할을 강조하고 있다. 클리타이메스트라의 슬픔이 거짓된 것이라는 유모의 말은 관객이 클리타이메스트라의 감정에 동조하지 않게 하는 효과와 더불어, 오레스테스가 어머니가 아닌 아버지의 아들이라는 것을 강조하기 위한 것이다.

여기서 코로스는 관찰자요 논평자로서의 역할에서 더 나아가 복수를 성사시키기 위해서 계교를 사용하는 과정에 적극 참여한다. 유모가 코로스의 지시대로 했기 때문에 호위병 없이 등장한 아이기스토스를 오레스테스는 쉽게 죽일 수 있게 된다.

■ 세 번째 스타시몬

1) 내용요약

유모가 떠난 다음 코로스는 제우스에게는 정의를 지켜달라고 청하고, 아폴론에게는 이 집안의 어둠을 거두고 자유의 밝은 빛이 비치게 해 달라고 청한다. 코로스는 오레스테스를 대면한 클리타이메스트라가 그를 아들이라고 부른다면, 그는 아버지라고 대답을 해야 하며 마음을 굳게 가져야 된다고 말한다.

2) 논평

코로스는 오레스테스를 고국으로 불러들여서 아버지의 복수를 하도록 돕는 헤르메스, 제우스 그리고 아폴론에게 다시 청원을 한다. 그리고 이 집안을 다스리는 정령들에게도 도움을 청하면서, 오레스테스가 살해자들을 살해함으로써 이제 이 집안의 피의 악순환이 끝이 날것이라고 말한다. 그러나 이 극의 결말에서 보여지듯이 오레스테스의 복

수로 피의 악순환의 고리를 끊을 수 있는 것은 오로지 신들의 개입을
통해서이다.

■ 네 번째 에피소드

1) 내용요약

아이기스토스가 등장해서 오레스테스가 죽었다는 소식은 환영할
만한 것이 아니라, 오히려 이 집안에 새로운 짐을 더 지우게 하는 것이
라고 말한다. 그는 코로스에게 이 소식이 여인들의 소문이 아니라 사실
인 것을 어떻게 알 수 있는가라고 묻자, 코로스는 여행객들에게 직접
물어보라고 한다. 아이기스토스는 누구도 자신을 속일 수 없다고 말하
고서 궁 안으로 들어간다. 그리고 잠시 후 그의 비명소리가 들리고 하
인이 뛰어나와서 아이기스토스가 죽었다고 말한다. 클리타이메스트라
가 등장해서 무슨 일인가 묻자, 하인은 죽은 자가 산자를 죽인다고 말
한다. 그녀는 즉각적으로 오레스테스가 돌아왔으며 자신을 속인 것을
깨닫고는 하인에게 도끼를 가져오라고 하면서 싸울 태세를 한다.

하인이 나간 다음 오레스테스와 필라데스가 칼을 빼들고 들어온다.
마침내 어머니와 아들이 서로를 대면하게 된다. 다음은 당신 차례라고
오레스테스는 말한다. 클리타이메스트라는 아들에게 자신이 그에게 생
명을 준 어머니이며 어린 그를 키웠다고 말하면서 아들과 함께 늙어가
고 싶다고 말한다. 오레스테스는 잠시 혼란스러워지며, 필라데스의 의

견을 묻는다. 친구는 아가멤논의 살해에 대한 아폴론의 신탁을 기억하라면서 모든 인간의 증오의 대상이 되더라도 신들의 증오의 대상이 되어서는 안 된다고 말한다.

필라데스의 말이 옳다고 생각한 오레스테스는 클리타이메스트라에게 궁 안으로 들어가라고 명령하면서 연인인 아이기스토스 곁에서 살해하겠다고 말한다. 클리타이메스트라는 자비를 베풀라고 애원하면서, 오레스테스를 포키스로 보내서 살렸으며 아가멤논을 살해한 것은 정당한 행동이라고 주장한다. 그러나 이 같은 호소가 소용이 없자 그녀는 자신의 저주가 그를 평생 괴롭힐 것이라고 협박한다. 오레스테스는 그가 복수를 하지 않으면 아버지 혼령의 저주를 받게 될 것이라고 답한다. 클리타이메스트라는 오레스테스가 악몽에 나온 그 뱀이라는 사실을 깨닫고 모든 희망을 버린다. 오레스테스는 어머니의 팔을 잡고 궁 안으로 끌고 들어간다.

2) 논평

이 장면은 이극의 클라이맥스이다. 오레스테스는 어머니와 맞대면을 하면서 비로써 자신의 해야 될 일의 본질을 깨닫는다. 두 사람 사이의 변명과 호소, 그리고 반박이 빠르게 이어지고 있지만, 파토스와 고통을 수반한다. 클리타이메스트라는 자신의 가슴을 열어 보이면서 젖먹여 키워준 어머니에 대한 존경심이 없는가라고 묻는다. 오레스테스는 논리적으로는 어머니의 주장을 반박하면서도 이 같은 감정에의 호소 앞에서는 주저한다. 그는 필라데스의 도움을 청한다. 지금까지 침묵

하고 있던 필라데스는 처음으로 입을 열고서 아폴론의 신탁을 환기시
킨다. 아폴론은 빛과 문명 그리고 가부장사회를 대변하는 신이다. 아폴
론의 신탁을 따르는 것은 곧 원시사회의 모계전통을 부수고, 새로운 문
명사회의 가부장적 질서를 받아들이는 것을 의미한다.

　　아이스킬로스는 오레스테스의 모친살해를 정당한 것으로 보이게
하고, 더 나아가서 제 3부작『에우메니데스』에서 오레스테스의 죄가
무죄로 되도록 하기 위해서, 이 장면에서는 클리타이메스트라의 자기
변호를 약화시킨다. 그것은 자신의 행위가 희생 제물로 바쳐진 이피게
니아에 대한 정당한 복수였다는 것을 언급하지 않는데서 드러난다. 그
러나 자신의 모든 회유에도 불구하고 오레스테스의 결심이 확고한 것
을 알자 의연히 죽음을 맞는다. 그녀의 죽음은 아가멤논이나 아이기스
토스의 죽음처럼 비참한 것은 아니다.

■ 네 번째 스타시몬

1) 내용요약

코로스는 오레스테스의 승리를 축하하면서 이제 아트레우스 집안
은 슬픔과 살인으로 더럽혀진 사람들이 모두 사라지게 되었으며 정의
의 여신 디케(dike)는 그를 도왔고 아폴론도 이 집안의 상처를 치유해
줄 것이고 이제 빛이 비추이면서 이 집안은 다시 융성할 것이라고 예
언한다.

코러스는 아이기스토스와 클라이템네스트라의 죽음에 대해 연민을
나타내지만 오레스테스가 살아있고 정의는 실현되었으며 이제 모든 것
은 다 잘되었고, 악의 힘들은 정의와 정의의 실행자인 시간에 의해서
패배되었노라고 노래한다.

■ 엑소도스

1) 내용요약

궁의 문이 열리고 죽은 아이기스토스와 클리타이메스트라의 옆에
오레스테스가 서 있는 모습이 나타난다. 오레스테스는 코로스에게 자
신이 살해한 자들의 살인 행위와 이들이 아르고스를 폭정으로 다스린
사실을 언급하면서 자신의 행위를 정당화한다. 그는 아버지를 살해할
때 사용되었고 이제는 두 시신을 덮고 있는 겉옷을 보라고 말한다. 목
욕을 하던 아버지를 읽아맨 그물과 같던 그 겉옷을 야생 동물을 사로
잡기 위한 덫이라고 불러야 할 것인지, 아니면 수의라고 해야 할 것인
지, 아니면 목욕 가운이라고 해야 할 것인지, 오레스테스는 묻는다. 그
리고는 이것은 강도들이 낯선 사람들을 잡아서 죽일 때 사용하는 사냥
용 그물이라고 말한다. 오레스테스는 이 겉옷에 묻은 아버지의 피는 아
이기스토스가 찔러서 나온 것이라면서, 아버지의 죽음을 슬퍼한다. 그
러나 자신의 승리를 기뻐하면서 동시에 자신의 행위 또한 오염된 것임
을 깨닫는다. 그는 스스로 모는 수레를 통제할 수 없는 것처럼, 정신을

잃는 것이 아닌지 불안하고 당황해한다. 오레스테스는 자신의 행위는 아폴론의 명령에 따른 것으로 정당한 것이라면서 이제는 아르고스를 떠나 다시 추방자의 삶을 살아야 한다고 말한다.

코로스는 그의 행위가 정당했다고 위로하지만 오레스테스는 이미 복수의 여신들의 모습을 본다. 코로스는 이들을 보지 못한 채 오레스테스가 지나치게 예민하게 상상을 하는 것이라고 생각한다. 그러나 오레스테스는 복수의 여신들이 바로 클리타이메스트라가 죽으면서 저주한 바로 그 복수의 여신들이라고 말한다. 마침내 죄 의식의 광기가 엄습한 오레스테스는 온전한 정신을 잃는다. 그는 아폴론의 도움을 간청하면서 복수의 여신들이 뒤쫓는 가운데 나간다.

코로스는 오레스테스가 떠나는 것을 슬프게 바라보면서 신들이 그를 도와줄 것을, 그리고 그가 마침내 델파이의 아폴론 신전에서 안식처를 구하게 되기를 바란다. 코로스는 아트레우스 집안 3대에 걸친 저주가 언제 끝이 날 것인가 물으면서 퇴장한다.

2) 논평

이 장면에서 관객은 오레스테스가 아무리 복수의 정당함을 주장 한다해도 복수의 여신들의 저주를 받게 되리라는 것을 알고 있다. 오레스테스는 처음에는 승리감에 도취해 있지만 곧 광기에 사로잡히게 된다. 오레스테스가 광기에 사로잡히게 되는 것은 아가멤논이 살해당할 당시 입고 있던 겉옷을 살피면서 부터이다. 이 겉옷은 지금 클리타이메스트라와 아이기스토스의 시신을 덮고 있다. 아가멤논의 옷은 그의 혼령을 연상시키는 도구이자, 그의 죽음이 무방비 상태에서 계략에 의한 것임을 상징하는 존재이다. 아버지의 혼령을 연상시키는 의미에서 오레스테스는 이 겉옷을 보고 그의 죽음을 애도한다. 피 묻은 이 겉옷은 아버지에게 가해진 범죄 행위를 적나라하게 보여준다.

아가멤논을 상징하는 것 외에도 이 겉옷은 이 극 전체를 관통하는 주제인 그물의 이미지와 연결된다. 오레스테스는 그물의 이미지를 여러 가지로 생각해 본다. 이 겉옷은 목욕하는 아가멤논을 꼼짝 못하게 묶어두는 도구로 사용된, 아가멤논을 살해하는데 있어서 핵심적인 계략의 상징이다. 아가멤논의 죽음을 애도하고, 그를 죽게 했던 그 겉옷으로 살해자 두 사람을 덮음으로써 오레스테스는 자신의 의무를 완수한다. 그러나 곧 광증 상태에 빠진다. 완전하게 미친 상태가 되기 전 오레스테스는 자신의 행위는 정당한 것이고 아폴론이 자신을 보호해 줄 것을 약속했다고 말한다. 그는 이제 탄원자의 옷을 걸치고 그의 뒤를 쫓는 무서운 복수의 여신들을 피해 델파이로 달려간다. 이 극은 코로스가 던지는 질문으로 끝이 난다. 아트레우스 집안의 3대에 걸친 복수의 악순환은 언제 끝이 날 것인가. 그리고 그 해답은 3부작 마지막 작품인 『에우메니데스』에서 제시된다.

작품 이해를 위한 질문

1. 오레스테스가 아르고스로 돌아온 이유는 무엇이며, 엘렉트라를 처음 보고서 몸을 숨긴 이유는 무엇인가.

2. 오레스테스는 엘렉트라에게 어떻게 자신이 동생임을 증명하는가.

3. 오레스테스가 신탁을 수행하는 있어서 야기되는 도덕적 딜레마는 무엇인가.

4. 이 극에서 코로스는 어떤 역할을 하는가.

5. 클리타이메스트라와 엘렉트라가 각기 대변하는 그리스 여성의 모습은 어떠한가.

6. 클리타이메스트라가 꾼 꿈의 내용은 무엇이며, 이 꿈은 무엇을 상징하는가.

7. 오레스테스의 유모 킬리사의 극중 역할을 무엇인가.

8. 이 극에서 가장 중심이 되는 이미지는 무엇이며, 이 이미지는 극의
   주제와 어떻게 연관이 되는가.

9. 오레스테스의 복수의 결과에 대해서 복수의 여신들과 아폴론의 입
   장은 각기 어떠한가.

10. 이 극의 주인공은 누구인가?

모범 답안

10) 번 문제에 대한 답안

이 극에서 두드러진 극적 행위를 하는 사람은 오레스테스이다. 따라서 주인공은 오레스테스라고 볼 수 있다. 이 극은 오레스테스가 자신의 삶의 소명의식을 성취해 가는 과정이기도 하다. 따라서 오레스테스가 성인이 되는 입문식의 의미를 지닌다. 그러나 오레스테스가 비극의 주인공이 되기 위해서는 자신에게 주어진 운명에 거슬러서 도전하는 정신과 행동을 보여주어야만 한다. 오레스테스가 아버지의 살해에 대한 복수를 시도하는 것은 전적으로 그의 결정에 의한 것이 아니라, 아폴론의 신탁을 따른 것이다. 물론 오레스테스가 복수를 해야만 하는 자신만의 이유가 있다. 그러나 그 이유들도 신탁을 앞서가는 것이 아니라 어디까지나 신탁에 뒤따라서 행해지는 부수적인 의미를 지닌다.

오레스테스는 오이디푸스 왕이나, 크레온, 안티고네와 같이 자신에게 주어진 운명에 도전하고 그 도전의 결과에 승복하는 인물이 아니다. 그는 신탁을 따르지 않을 경우 부딪히게 될 보복을 두려워한다. 오레스테스는 어머니를 살해함으로써 복수하는 것에 주저하지만, 그래서 클리타이메스트라가 자신의 가슴을 내보이며 모성애에 호소할 때 주저하고 당황해 하지만, 결국은 신탁을 따른다. 오레스테스는 어머니 살해를 요구하는 아폴론의 신탁에 감히 도전해서 그것을 거부할 수 있는 인물이 아니다. 오레스테스는 신들의 지배와 결정에 순종하는 인물이다.

아리스토텔레스가 정의하고 있는 비극의 주인공은 자신에게 주어진 한계를 벗어나서, 주어진 운명에 도전을 하고, 그 결과로 자신의 진정한 존재 의미를 깨달으며, 죽음을 맞이하는 인물이다. 이와 같은 주인공의 모습은 오레스테스 보다는 클리타이메스트라에게서 찾을 수 있다. 이 극에 등장하는 장면은 비록 짧지만, 클리타이메스트라는 자신에게 주어진 여성으로서의 한계에 도전하여 사랑하는 딸을 제물로 바친 남편을 살해한다. 클리타이메스트라는 자신의 행동이 정당한 것임을 주장하지만, 이 극의 클라이맥스에서 꿈속에서 자신의 젖을 문 뱀이 바로 오래 떨어져있던 아들이었으며, 자신이 아들의 손에 죽게 될 것임을 알게 된다. 비로소 그녀는 자신이 남성들이 지배하는 세계의 법칙을 어긴 대가로써, 또 다른 남성인 아들에게 죽임을 당하게 됨을 깨닫는다. 끝까지 자신의 행동의 정당성을 주장하면서 클리타이메스트라는 그녀에게 주어진 운명을 받아들인다.

클리타이메스트라의 남편살해 행위가 정당한 이유를 지닌 것임을 인정할 때에만이 그녀를 이 극의 주인공으로 보는 관점이 설득력을 지닌다. 그러나 가부장적인 사회체계를 완성해가는 과정에서, 그녀의 복수는 질서를 파괴시키는 행위에 불과하다고 보면, 클리타이메스트라는 단지 오레스테스의 복수를 위한, 그리고 부권의 확립을 위한 도구가 될 뿐이다.

참고 문헌

고전. 르네쌍스 드라마 한국학회편,『그리스·로마극의 세계』1, 2, 서울:
　　동인출판사. 2000, 2001.

천병희 옮김,『아이스퀼로스 비극』, 서울: 단국대학교 출판부, 1998.

천병희 지음,『그리스 비극의 이해』, 서울: 문예출판사, 2002.

Harsh, Philip Whalely, *A Handbook of Classical Drama*, Stanford Univ.
　　Press, 1948.

Horgan, James. C. *A Commentary on the Complete Greek Tragedies*.
　　Chicago: The Univ. of Chicago Press, 1984.

Kitto, H.D.F., *Greek Tragedy: A Literary Study*. London: Methuen, rpt.
　　1986.

Lattimore, Richmond, trans. *Aeschylus I*, Chicago: Univ. of Chicago
　　Press, 1953.

Murray, Gilbert. *Aeschylus: The Creator of Tragedy*. Oxford Univ.
　　Press, 1940.

Otis, Brooks. *Cosmos and Tragedy: An Essay on the Meaning of
　　Aeschylus*. Chapel Hill: Univ. of North Carolina Press, 1981.

Segal, Erich, ed., *Oxford Readings in Greek Tragedy*, Oxford Univ. Press, 1983.

Smyth, Herbert Weir, trans. *Aeschylus II*. London: William Heinemann, 1926.

Vellacott, Philip. *The Logic of Tragedy: Morals and Integreity in Aeschylus's Oresteia*, Durham, North Carolina: Duke Univ. Press, 1984.

http://www.gradesaver.com/classicnotes/titles/libation/

http://hsc.csau.edu.au/ancient_history/historial_periods/greece/greek_world/Tyranny.html

http://www.sparknotes.com/drama/libationbearers/

http://www.xenohistorian.faithweb.com/europe/eu02.html

· 옮긴이

최 영 이화여대 영문학과 및 대학원 영문과 졸업
미국 오클라호마 대학 석사 및 오클라호마 주립대 박사
현재 이화여대 영문과 교수

공저로는 〈영미극작가론〉, 〈연극의 이해〉, 〈서양대표극작가선〉, 〈현대 문학이론과 비평〉,
〈영국르네상스 드라마의 세계〉 2, 〈뉴밀레니엄 시대의 영미극작가 동향〉 등이 있고
논문으로는
"셰익스피어와 르네상스",
"셰익스피어와 신역사주의 비평",
"셰익스피어의 인간관: 〈자에는 자로〉와 〈폭풍〉에 나타난 변증법적 발전과정",
"셰익스피어의 광대 연구: 민중극 전통의 변형과 그 사회적 기능",
"셰익스피어 읽기/보기: 햄릿의 경우",
"세익스피어와 영화: 맥베스의 경우" 등이 있음.

제주를 바치는 여인들

아이스킬로스 지음 / 최 영 옮김
초판 1쇄 발행일 2007. 9. 10
ISBN 978-89-5506-334-9

· 펴낸곳

도서출판 동인 / 펴낸이 · 이성모 / 주소 · 서울시 종로구 명륜동2가 237 아남주상복합Ⓐ 118호 / 전화 · (02)765-
7145,55 / 팩스 · (02)765-7165 / Homepage · www.donginbook.co.kr / E-mail · dongin60@chol.com /
등록번호 · 제 1-1599호

정가 7,000원

※ 잘못 만들어진 책은 바꾸어 드립니다.